U0856777

Chuck Palahniuk

摇篮曲

（美）恰克·帕拉尼克 著
卢慈颖 译

上海人民出版社

我将此书，以最虔敬的感谢，
献给……
Jason Cheung
Kyle McCormick
Dennis Widmyer
Amy Dalton
Kevin Kölsch
……这些在还没有人阅读我作品时
就已经是我的读者的朋友

目录

摇篮曲

序幕

打一开始，新屋主就假装他从没细看客厅的地板。从没正眼看过。在他们第一次参观房子的时候没看。当解说员带他们巡视的时候没看。他们量了房间大小，告诉搬家工人沙发和钢琴要放在哪，运来他们所有的家当，从没停下来好好正眼看过客厅的地板。他们在假装。

然后当他们第二天一大清晨下楼来，它就在那儿，潦草地涂在雪白的橡木地板上——

滚 出 去

有些新屋主假装是朋友开玩笑搞的。其他人则坚信那是因为他们没给搬家工人小费。

两三个晚上过后，主卧室面北的墙壁里开始传出婴儿的啼哭声。

他们通常在这时候拨电话。

而电话里这名新屋主正是海伦·胡佛·波尤，我们的主角，今天早上最不想见的人。

结结巴巴而且哭哭啼啼。

她需要的是一杯新煮的咖啡，还有用七个英文字母拼成意思是“家禽”(poultry)的字。她需要监听警察无线电通讯。海伦·波尤弹着手指头，直到她的秘书从外面的办公室探进头来。我们的主角用双手盖住电话的话筒，用听筒指向无线电通讯器，说：“是代号九一一。”

而她的秘书，梦娜，耸耸肩说：“那么？”

那么她需要查她的解码书。

而梦娜说：“轻松点。是个扒手。”

谋杀犯、自杀、连环杀人狂、意外吸毒过量，你不能等这些玩意上了报纸头版。你不能让另外一个中介打败你成为下一个呼风唤雨的人。

海伦需要克莱斯伍德街三百二十五号的新屋主闭嘴一分钟。

当然了，客厅地板会出现讯息。但奇怪的是，婴儿通常到第三个晚上才开始哭。一开始是鬼魅的讯息，接着是整晚的婴儿哭号。假使屋主撑得够久，再过一个礼拜，他们会因为在浴缸加满水后浮现的脸孔来电，一张满布皱纹缩成一团的脸，眼睛是凹陷的黑洞。

第三个礼拜开始，当众人坐在餐桌前时，幽魂鬼影会在餐厅墙壁上不停环绕。之后可能还有更多的灵异事件，不过没有人撑得过第四个礼拜。

海伦·胡佛·波尤对新屋主说:"除非你做好上法院的准备,证明那间屋子不适合人居,除非你能证明——而不是臆测——前任屋主知道有这回事……"她说:"否则我必须告诉你,这种案子你必输无疑,然后在引起这么多负面宣传之后,那间房子将一文不值。"

那间房子,克莱斯伍德街三百二十五号,其实还不坏,英国都铎式建筑,还算新的复合沥青瓦屋顶,四间卧室,三间半的浴室,嵌地式泳池。我们的主角甚至连资料说明都不用看。这间屋子在过去两年内她卖了六次。

另一栋房子,位于伊顿筑底巷的盐盒式建筑(saltbox)①,六间卧室、四间浴室、镶着松木嵌板的入口通道,还有厨房墙壁流下的鲜血,这间房子过去四年里她卖了八次。

她对新屋主说:"请等我一分钟,别挂电话。"她按下红色按钮。

海伦,她穿着白色的套装和鞋子,但不是雪白,比较像是班夫镇(Banff)②下坡滑雪道的白,还带着私人轿车与随传随到的司机,一套十四件同系列的行李箱和一间露易丝湖饭店的套房。

我们的主角朝着门口说:"梦娜?月光?"她叫得更大声:"仙女?"

她用笔敲打着书桌上折起的报纸页面说:"有哪一个三个英文字母的字意思是'鼠类'(Rodent)的?"

---

① 盐盒式住宅,流行于北美新英格兰殖民地的一种住宅建筑,前部二层,后部一层,双坡屋顶,后坡较长,状似盐盒,故名。

② 加拿大亚伯特省的山城,位于落基山脉,是加拿大著名的冬季滑雪胜地。

警方的无线电通讯器咕噜着说出一串字眼，嘟哝咆哮，在每一句话后面复诵着“收到请回答。”复诵：“收到请回答。”

海伦·波尤大叫：“这杯咖啡真难喝。”

再过一个小时，她得带人去看一栋安妮女王风格（Queen Anne）①的房屋，五间卧室、一栋附属住屋、两套烧瓦斯的壁炉，还有吞镇定剂自杀者夜深时分出现在化妆间镜子中的脸。在这之后，是一栋双层农场主式住宅——配有锅炉暖气设备、向下开挖的谈话间，还有十几年前双尸命案的幽灵枪响。这些全写在她厚厚的行事历中——看起来像用红色皮革装订的厚重行事历。里面记载了她的所有一切。

她又喝了一小口咖啡，说：“你管这个叫什么来着？瑞士陆军摩卡？咖啡喝起来就该像咖啡。”

梦娜走到门口，双手叉在胸前说：“什么事？”

海伦说：“我要你去一趟——”她翻了翻临时记事簿的资料：“——去一趟威尔孟广场四千六百七十三号。是一栋荷兰殖民式房屋，有日光间、四间卧室、两间浴室、还有一桩重大谋杀案。——”

警察无线电通讯器说：“收到请回答。”

海伦说：“就照平常那样。”她在一张便条纸上写下地址，递出去说：“不要解决任何问题，不要烧鼠尾草②，不要驱什么鬼的魔。”

---

① 安妮女王风格（Queen Anne Style）建筑。为英国安妮女王在位时（1702—1714）设计的建筑物、家具和银器，其显著的特征为：精细计算的比例。十九世纪下半叶的英国建筑中复兴了其风格，其构造的特点在于：直棂的窗框、幽雅的砌砖、直立而雄伟的烟囱。

② 又称山艾，西方文化认为燃烧鼠尾草的烟可以驱邪，跟中国人烧艾草的功能相同。

梦娜接下便条纸说:“只查看一下气氛吗?”

海伦用手猛一挥划过空气,说:“我不要有人走过什么隧道迎向什么白光。我要这些鬼怪就留在那里,在这个幽灵界,拜托了。”她看着她的报纸说:“他们有无穷无尽的时间可以死。他们可以在那屋里再晃上个五十年,摇一摇铁链什么的。”

海伦·胡佛·波尤看着闪烁的等待按键问:“你昨天在那栋六间房的西班牙式宅院里接收到什么?”

梦娜翻白眼望着天花板。她噘起下巴叹了一大口气,直直往上把她额前的头发翻吹起来,她说:“里面有股明确的能量,一缕微妙的存在感。不过屋内的格局规划很棒。”一条黑色的丝线绕着她的颈子,消失在她的嘴角。

而我们的主角说:“去他妈的格局规划。”

忘了那些你每半个世纪才卖一次的梦想住宅。忘了那些快乐家庭。去他妈的微妙:阴冷的角落、奇怪的烟雾、不安的宠物。她需要的是鲜血从墙壁汩汩流下。她需要夜里冷冰冰的隐形手把小朋友拖下床。她需要黑暗中地下室楼梯底部闪闪发光的红眼睛。这些东西以及体面高雅的外观。

榆树街五百二十一号的平房有四间卧室、原装硬件设备,还有阁楼的尖叫声。

卫斯顿山坡街七千六百四十五号的法式诺曼第宅院有拱形窗、餐具室、镶有铅框玻璃的拉门,以及出现在二楼走廊上、身负多处刀刺伤的尸体一具。

拉维广场二百四十八号的农庄式房屋——五间卧室、四间半浴室还有砖造庭院——主卧室的墙上反复出现咳出的血迹,在排水道清洁工人下毒之后。

厄运之屋，中介业者就这样称呼它们。这些房屋永远卖不掉，因为没有人愿意展示它们。没有中介业者要在那里搞公开参观，以避免单独在里面逗留。要不然这些就是那种每六个月转手一次的房子，因为没有人能住在里面。有一整串这种房子，二十或三十间的独卖权，海伦就能关掉警察的无线电通讯器。她就能停止搜寻讣闻以及自杀与他杀的犯罪新闻。她就能不再叫梦娜去查看每个可能的线索。她就能好好享福，找出用五个字母意思是“马类”(equine)的英文字。

“还有，我要你去帮我拿干洗的衣服，”她说，“顺便买些现煮的咖啡。”她用笔指着梦娜说：“还有，出于对专业的尊重，把那些拉斯达教派(Rasta)的小玩意儿留在家里。”

梦娜拉着黑丝线，从她嘴里掉出一颗水晶，闪烁且湿润。她吹着它说：“这是水晶。我男朋友蚵仔[1]送我的。”

海伦说：“你跟一个叫做蚵仔的男生约会？”

梦娜放下水晶任它垂在胸前说：“他说这是为了自我保护。”水晶在她橘色的上衣染了一块湿湿的黑印子。

“喔，你走之前，”海伦说，“帮我接通比尔·布洛斯或他太太艾米莉。”

海伦按下等待键说：“抱歉让你久等了。”她说眼前显然有两个选择。新屋主可以搬家，只要签下弃权转让契约，那么房屋就成了银行的问题。

---

① oyster，意为牡蛎，这里为接近人名，译为蚵仔。

“或者，”我们的主角说，“你私下给我独家专卖权来卖这个房子。我们称之为‘小单’。”

新屋主也许这个时候会说不。但是在他两脚之间的洗澡水中出现一张狰狞的脸之后，在墙上的鬼影开始大批行进之后，每个人终究会点头。

在电话里，新屋主说：“你不会把问题告诉任何人吧？”

海伦说：“连开箱整理都不要处理完，我们会告诉别人你们正要搬出去。”

假如有人问起，告诉他们你被转调外地。告诉他们你非常喜爱这栋屋子。

她说：“剩下的将是我们的小秘密。”

从办公室外，梦娜说：“比尔·布洛斯在二线。”

而警察无线电通讯器说：“收到请回答。”

我们的主角按下电话机上的另一个按键说：“比尔！”

她朝着梦娜用嘴形无声地表示*咖啡*。她用头朝窗户一甩无声地说*快去*。

无线电通讯器说着：“收到了吗？”

这是从前的海伦·胡佛·波尤。我们的主角。现在死了但也没真死。这只是她从前生活里的一天。这是她在我出现之前过的日子。这或许是个爱情故事，或许不是。这全看我有多相信我自己。

这是有关海伦·胡佛·波尤的故事。她阴魂不散地缠着我。就像一首歌盘踞在你的脑海里。就像你认为生活该有的样子。任何事都紧抓着你的注意力。就像你的过去跟着你进入你未来的每一天。

那就是，这就是，全部都是，海伦·胡佛·波尤。

我们所有的人都饱受纠缠又纠缠着别人。

在这一天，在她正常生活中的最后寻常之日，我们的主角对着电话说："比尔·布洛斯？"

她说："你得叫艾米莉拿分机一起来听，因为我刚刚帮你们俩找到了完美的新家。"

她写下五个字母的"马"(horse)，然后说："就我的了解，卖家的意愿非常高。"

1

每个故事的麻烦就在于——你都事后才说。

就连广播里的实况报道，那些全垒打和三振出局，都会慢了几分钟。就连电视现场转播也会延后几秒。

就连声光也不过就这么快。

另一个麻烦在于说故事的人。报道者所处的人、事、时、地以及前因后果。媒体的先入之见。新闻记者所谓的守门员角色。如何表达就代表了一切。

故事背后的故事。

我说这些话的地方是一个又一个的咖啡馆。我一章又一章写下这本书的地方，从来不在同一个小镇或城市或穷乡僻壤的卡车休息站。

这些地方的共通点在于都曾出现奇迹。你可以在通俗小报读到这些东西，这些治病与显灵，这些奇迹，从来不会被主流媒体报道。

这个星期，报道的是新墨西哥州威尔本小镇的圣女。她上个星期飞到大街上。她那红色与黑色的雷鬼头长发在她身后飒飒翻飞，她的光脚丫脏兮兮的，她身穿一条印有两种棕色的印第安棉裙还有牛仔布小背心。这些全刊在本周的《全球奇迹报道》，在全美超市收银台旁均有销售。

而如今我在这里，晚了一个礼拜。老是迟了一步。后知后觉。

飞行圣女的指甲搽着亮粉红色和白色指尖。法式指甲，有些目击者说。飞行圣女用一罐灭飞牌的杀虫喷雾剂，在新墨西哥州湛蓝的天空上写下：

终止生小孩

（原文如此）

她掉了那罐杀虫喷雾剂。如今它正在前往梵蒂冈的途中。以便进行分析。现在，你可以买到这起事件的明信片。甚至录影带。

几乎所有的一切你都可以在事后买到。抓到了。死掉了。煮了。

在纪念录影带中，飞行圣女摇晃着喷雾剂的罐子。她飘浮在大街一端的上空，对着群众挥手。她的腋下有一丛棕毛。在她开始写字前一刻，一阵狂风掀起了她的裙子，而飞行圣女没有穿内裤。她双腿间的耻毛已经剃光。

这里正是我今天写故事的地点。在这家路边的便餐店，访谈新墨西哥州威尔本的目击者。跟我在一起的是探长，一个老练的爱尔兰裔条子。我们中间的餐桌上有一份本地的报纸，折叠以便显示出一则三栏式的广告，上面说：

所有豪华室内家具店的顾客请注意

广告写着："如果您新修缮过的家具里面有毒蜘蛛孵化的话，您可能有资格加入一宗集体诉讼案。"广告提供一个你可以打过去的电话号码，不过无效。

探长有那种松弛的颈部皮肤，如果你去捏它，当你放手时，那块皮还是凸起一块。他得去找个镜子按摩那块皮肤将它抚平。

在便餐店外，人潮还是开车涌进镇上。众人跪地祈求另一次显灵。探长将他的手铐并在一起假装在祈祷，他的眼睛瞄向一旁看着窗外，他枪套的扣子解开，他的手枪已经上膛，准备随时开枪扫射。

飞行圣女在空中写完字以后，她向人群送出飞吻。她亮出两根手指比出和平手势。她在树梢上空盘旋，用一只手拉紧裙子，然后将一头红色与黑色的发辫往后甩并挥着手，然后"阿门"。她走了，消失在群山后方、地平线的彼端。高飞远走。

不过，你不能尽信你在报纸上读到的东西。

飞行的圣母，那不是奇迹。

那是法术。

这些不是圣人。那是咒语。

探长和我，我们不是来此目击这些事情。我们是降魔人。

不过，这不是关于此时此刻的故事。我、探长、飞行圣女、海伦·胡佛·波尤。我所写的，是我们如何相遇的故事。以及怎么走到这一步的。

2

他们只问你一个问题。从新闻学院毕业前夕，他们要你想象自己是一名记者。想象自己在大都市的日报上班，在某个圣诞夜，你的编辑派你去调查一宗死亡案件。

警察和救护人员都在场。邻居们穿着浴袍和拖鞋，挤在廉价出租公寓大楼的走廊上。在公寓里，一对年轻的夫妇在圣诞树旁啜泣。他们的小宝宝被一个装饰品给噎死了。你拿到所需的资料，宝宝的名字和年纪等等，然后你在午夜左右回到报社，赶在新闻截稿前把文章写完。

你把它交给编辑，但他把稿子退回来，因为你没提到装饰品的颜色。是红色还是绿色？你没看，你没想到要问。

新闻室吼着要头版新闻，你的选择有：

打电话给那对父母问颜色。

或拒绝打电话然后丢了饭碗。

新闻业。这是第四阶级(fourth estate)①。而我念的学校,伦理道德课的期末考全部就只有这么一个问题。这是个非此即彼的问题。我的答案是打电话给救护人员。这种物品必须归档。这个装饰品一定有被拍照包起来放在某个证物档。我绝不可能在圣诞夜的午夜打电话给那对父母。

学校给我的伦理道德考试打了个“D”。

除了伦理道德,我学会只告诉别人他们想听的话。我学会记下每一件事。我还学会有的编辑会是货真价实的大混蛋。

从那时候起,我一直在想那个考试到底目的何在。如今,我是一名记者,在大都市的日报任职,而我什么都不需要想象。

我首宗真实的婴儿死亡案例发生在九月的一个礼拜一清晨。没有圣诞节装饰品。也没有邻居挤在这栋郊区的拖车房屋外。一位救护人员跟父母亲坐在简易厨房里问他们标准流程的问题。第二位救护人员带我到婴儿房,给我看他们通常会在婴儿床里找到的东西。

救护人员问的标准流程问题包括:是谁发现婴儿死去的?什么时候发现的?有移动过婴儿吗?最后一次看到婴儿还活着是什么时候?婴儿是喂母奶还是吃奶瓶?这些问题看似信口漫谈,但医生也只能搜集数据,并期望有天一种模式会从中浮现。

婴儿房是黄色配上蓝色的色调,窗上挂着碎花图案的窗帘,婴儿床边有一个白色的藤编抽屉柜。里面还有一张漆成白色的摇

---

① 即为报业。

椅。婴儿床上方有个黄色塑胶蝴蝶的旋转音乐铃。藤柜上头有本书翻开到第二十七页。地板上有一张蓝色的碎布条地毯。墙上挂着一幅裱框的十字绣，上面写着：礼拜四出生的孩子要加油。房间闻起来像痱子粉的气味。

我或许没学好伦理道德课，但我学会留心观察。没有任何细节小到微不足道。

翻开的书叫做《世界诗歌童谣大全》，从地方图书馆借来的。

我的编辑计划制作五集有关婴儿猝死症的系列报道。每年有七千名婴儿无明显征兆地死去。每千名新生儿中，有两名就这么睡着再也没醒过来。我的编辑邓肯，一直称之为婴儿床之死。

关于邓肯的细节有：他满脸青春痘疤，而他沿着发际线的头皮每两周会变成棕色，因为他染了发根。他的电脑密码是——“密码”。

关于婴儿猝死症，我们只知道没有固定模式。大多数的婴儿死于午夜到清晨之间，但也有婴儿在父母亲身旁睡着时死去。他们可能死于轿车或婴儿车上。婴儿也可能死在母亲的怀里。

有幼儿的人数那么多，我的编辑说。这类型的报道故事每个父母亲或祖父母会怕到不敢读，却又怕到不敢不读。我们其实没什么新资讯，但我们的想法是侧写五个失去孩子的家庭。表现这些人如何面对，如何继续他们的人生。我们可以三不五时添加一些婴儿床之死的普遍论据，呈现这里面每一个人所展示的力量与怜悯的内心深处的源泉。就这个角度。因为它不紧扣任一特定事件，所以算是所谓的软性新闻。我们打算刊载在生活风格版的首页。

在美术方面,我们可以刊出健康宝宝笑眯眯的照片,只不过这些宝宝如今已经死去了。

我们要表达这件事可能发生在任何人身上。

这就是他的提案。这是那种你为了得奖而进行的调查报道。时值夏末,新闻不多。现在正是本年度最后一波怀孕与新生儿的高峰期。

要我跟着救护人员也是我编辑出的主意。

那个圣诞节的故事,哭泣的夫妻,装饰品,如今我工作了这么久,我早忘了那堆垃圾。

那个假设性的伦理道德问题,他们必须在新闻系课程结束时提出,因为到了那一刻为时已晚。你有巨额的学生贷款要偿还。许多许多年以后,我想他们真的要问的问题是:这是你想赖以维生的工作吗?

3

一阵闷雷似的对话穿墙而过，接着是高高低低的一阵笑声。然后是更多的雷声。电视上多数的罐头笑声，都是一九五〇年代早期录制的。这阵子，这些你听见他们在笑的人大多已经死了。

透过天花板传下来一击一击又一击的鼓声。节奏略有变化。有时可能拍子挤在一起，快一些。有时分散开来，慢一些，但就是没停过。

透过地板传上来，有人对着一首歌吐出一长串话。这些人需要昼夜不分地开着电视、音响或广播，这些人怕静默怕得要命，这些是我的邻居。这些声音狂，这些寂静恐慌症者。

死者的笑声穿透四面八方的墙面传来。

这些日子以来，这个就算家甜蜜的家。

噪音围城。

下班后，我歇了手。当我一跛一跛走进店里时，站在收银机后方的男人抬起头来。他眼睛仍旧看着我，手伸到柜台下，拿出用牛皮纸包着的东西说："包了两层。这个我想你会喜欢。"他把东西放在柜台上，用手轻拍。

这个包裹有鞋盒的一半大小，重量比一罐鲔鱼罐头还轻。

他在收银机上按一、二、三，三个键，显示屏上显示出一百四十九块美元。他告诉我："你一点都不必担心，我已经把袋子用胶带封得死死的。"

为了怕万一下雨，他将包裹放进塑胶袋中说："里面的东西要是有缺的话，让我知道。"又说："你走起路来好像脚还没有好。"

回家的路上，包裹嘎嘎作响。牛皮纸在我的腋下滑动变得皱巴巴的。我每跛行一步，里面的东西就从盒子的一端哗啦哗啦地滚到另一端。

在我的公寓里，天花板随着某种快节奏的音乐重击震动。四边的墙壁以一种惊慌的嗓音小声嘟哝着。要不是某个受诅咒的古埃及木乃伊复活过来要杀隔壁邻居，就是他们正在看电影。

楼下，有人在吼叫，有只狗在狂吠，有扇门被摔上，有首歌在叫卖商品。

人在浴室，我把电灯关掉。这样我才会不知道包裹内理当会跑出什么东西。在一片狭隘密闭的漆黑中，我在门缝边塞了一条毛巾。包裹就搁在我大腿上，我坐在马桶上聆听。

这个就算文明。

绝不会在自己车里乱丢垃圾的人，会开着震耳欲聋的广播从你身旁开过去。绝不会在拥挤餐厅中对着你喷雪茄烟的人，会对着他们的手机咆哮。他们会越过一只餐盘的距离彼此吼叫。

这些绝不会喷洒除草剂或杀虫剂的人，会以他们的立体音响播放苏格兰风笛、中国京剧、乡村音乐或西部音乐。来淹没他们的街坊邻居。

门外边，有只鸟唱得还不赖。佩西·克莱①则叫人不敢恭维。

门外边，交通的喧嚣已经够糟了，再加上萧邦的《E小调钢琴协奏曲》绝不会让情况好转。

你扭大你的音响来盖住这些噪音，其他人扭大他们的音响来盖住你的。你再扭大你的。人人争相去买套更大的立体音响。这是声音的武器大赛，你只靠一些三倍音响根本没胜算。

这跟品质无关。这跟音量有关。

这跟音乐无关。这跟输赢有关。

你用低音贝斯重击这场竞赛。你把窗户震得格格作响。你舍弃旋律吼出歌词，你加入淫言秽语在每个脏字上加重音。

你得占上风。这事关权力。

在黑暗的浴室里，坐在马桶上，我用指甲撕开包裹一边的胶带，里面是一个方形的纸盒，光滑、柔软、在边缘处用毛皮覆盖着，每个角皆缓钝且凹陷。上方的盒盖可以掀起，里面的东西感觉起来是一层层尖锐、坚硬的繁复形体，细小的夹角、曲线、拐角和尖形物。在黑暗中，我将这些东西放到浴室地板的一边。纸盒我放回纸袋里。在这些坚硬有角度的形状中，有两张滑溜溜的纸。这两

---

① 佩西·克莱(Patsy Cline，1932—1963)，为美国最著名的乡村歌曲女歌手之一。死于空难。

张纸，我也放进袋子里。这些纸袋，我又压又滚又卷，揉成一团球。

这一切我都在“盲目”中进行，碰触平滑的纸，感受层层叠叠坚硬、分支开来的形状。

我脚下的地板，甚至马桶座，都因隔壁传来的音乐而微微震动。

面对每个遭逢婴儿床之死的家庭，你想跟他们说找个嗜好消磨去。你断绝过去速度之快会叫你大吃一惊。无论情况有多糟，你还是能一走了之。学绣花边。做一盏彩绘玻璃灯。

我将这些块状形体拿到厨房，在灯光下，它们有蓝色灰色白色。质地是又脆又硬的塑胶。不过就是些小碎片。小小的屋瓦和百叶窗帘和屋檐板。小小的台阶柱子和窗框。你说不上来它到底是房子还是医院。还有小片的砖墙与门扉。在厨房餐桌上摊开来，它大概是学校或教堂的零件。没看盒子上的图片，没读拼装指南，这些细小的导水沟和老虎窗也许会搭成一座火车站或疯人院。一座工厂或监狱。

不管你怎么将它拼凑起来，你永远无法确定它是否正确无误。

这些小碎片，这些小圆顶和烟囱，随着穿透地板传来每一拍的噪音而痉挛抽动。

这些音乐狂，这些镇静恐慌症者。

没有人愿意承认我们对音乐上瘾。这根本不可能。没有人会对音乐和电视和广播上瘾。我们只不过还需要更多，更多的频道，更大的屏幕，更高的音量。没有它们我们根本活不下去，但没有，没有人上了瘾。

我们要的话，随时都可以把它关掉。

我将一扇窗框装到砖墙上，我用一只小刷子，大小跟指甲油刷一样，将它黏上去。窗户的大小跟指甲一样。黏胶闻起来像发胶一样，闻起来像柑橘和汽油的气味。

墙上的砖块图纹就跟你的指纹一般细致。

另一扇窗也就位装好，我刷上更多黏胶。

声音震颤穿透墙壁，穿透餐桌，穿透窗框，穿进我的手指头。

这些分心狂，这些专心恐慌症者。

老乔治·奥威尔把情况搞反了。

老大哥[①]没在监视。他又唱又跳。他正从帽子里拉出一只又一只兔子。老大哥忙着牢牢抓住你清醒时每分每秒的注意力，他要确定你无时无刻不精神涣散，他要确定你完全被榨干。

他要确定你的想象力萎缩。直到它和你的盲肠一样无用。他要确定你的注意力永远被填满。

而被喂养，比被监视更糟。当这个世界不断将你填满，没有人需要担忧你的心里在想什么。当所有人的想象力都退化了，将不再有人会对世界构成威胁。

我用手指解开白衬衫的一颗扣子，将我的领带塞到里头。我的下巴收缩，紧紧抵住领带的领结，我用小钳子将小片的玻璃镶进每一扇窗户。用一片刀片，我将塑胶窗帘裁得比邮票还小，蓝色的窗帘装楼上，黄色的装楼下。有的窗帘拉开，有的拉上紧闭，我将它们黏牢。

多的是比发现你的妻小死了还悲惨的事。

---

① 老大哥指的是乔治·奥威尔(1903—1950)的小说《一九八四》中无所不在的监视系统。

你可以让这世界下手。你可以眼睁睁看你妻子变老变讨厌。你可以眼睁睁看你孩子找上了所有你试图不让他们碰的东西。毒品、离婚、同流合污、疾病。所有美好干净的书本、音乐、电视。心神不宁。

这些死了孩子的人，你想跟他们说，随你吧。去自我谴责吧。

对那些你所爱的人，有比杀害他们更卑劣的事。就是睁一只眼闭一只眼旁观这世界再下手。而你只需要读读报纸。

那些音乐那些笑声吞噬你的心思。那些噪音将它们抹杀掉。所有的声音都叫人心神不宁。你的头因黏胶而头痛。

再也没有人的心思属于自己。你无法专心。你无法思考。老是有噪音钻进来。歌手大吼。死人大笑。演员大哭。而这一切只用了极小量的情绪。

有人老是将他们的心情散播在空气中。

他们的汽车音响对着大街小巷广播着他们的悲伤欢愉或愤怒。

一栋荷兰殖民式豪宅，我上上下下装了五十六扇窗户结果还是得把它扔了。一栋有十二间房间的都铎式城堡，我把排水管黏到山墙错误的一端，结果在试图用化学溶剂补救时把一切都给溶掉。

这没什么新鲜的。

古希腊文化的专家说，那个时代的人不认为他们的思绪属于自己。当古希腊人兴起一个念头，对他们来说，是哪个男神或女神下了一道指令。阿波罗告诉他们要勇敢。雅典娜告诉他们去谈恋爱。

如今人们听了酸奶油口味洋芋片的广告就赶忙跑去买，但现在他们称之为自由意志。

至少古希腊人很诚实。

事实就是，即便某个晚上，你读书给你的妻子小孩听。你为他们读了首摇篮曲。而隔天早晨，你醒过来但你的家人却没有。你躺在床上，还跟你的妻子窝在一起。她依旧暖玉温香，只是不再呼吸。你的女儿不再哭闹。房子已然为交通声和广播的说话声所侵入，而水汽穿透管子渗入墙壁。事实就是，就连这一天，在你打了一个完美领结的那一刻你都会忘记。

这我清楚得很。这是我的人生。

你可能会搬走，但这还不够。你会培养一项嗜好。你会把自己埋葬在工作当中。改名换姓。你会将事情修补起来。从混沌中找到秩序。每次脚伤好得差不多的时候，你就会再来一次，而你会有这些钱。安排好每一项细节。

不是治疗师告诉你这么做，但这样有效。

你将门黏到旁边的墙上。你把墙壁黏到地基上。你用小钳子将每座烟囱的小零件扭在一起，然后一边等黏胶变干，一边盖屋顶。你将细小的导水沟挂上。每个细节分毫不差。你装好小小的老虎窗。挂上百叶窗帘。框上门廊的围栏。植入草皮。种上树木。

吸入那柑橘和汽油的味道。发胶的气味。让自己沉迷于每项繁复的手续中。将一撮常春藤黏上烟囱的一侧。你的手指缠绕着黏胶的丝线，你的指尖结痂变硬黏在一起。

你告诉自己噪音正是界定寂静的东西。没有噪音，沉默不会是黄金。噪音是例外。想想深沉的外太空，你的妻小在异常寒冷而静谧的所在等候你。是寂静，而非天堂，会是最佳的报应。

拿着小钳子，你沿着地基种花。

你的后背与颈子往桌面弯曲。你的屁股夹紧，你的脊椎弓着，呈弧形延伸到你头痛的头颅底端。

你在前门外黏上小小的“欢迎光临”门垫，你牵上室内的小灯。你将信箱黏在前门旁。将很小、很小的牛奶瓶黏在前廊上。一份迷你的折叠报纸。

一切完美无瑕、分毫不差、小心翼翼，必定已经凌晨三四点了，因为万籁俱寂。地板、天花板、墙壁，皆静止不动。冰箱的压缩机停了，你可以听见每个灯泡中的灯丝嗡嗡作响。你可以听见我的手表正在滴滴答答。一只飞蛾敲着厨房的窗。你看见自己呼出的气息，房里就这么冷。

你将电池定位，打开小小的开关，小窗发出亮光。你将房子放到地板上关掉厨房的灯。

在黑暗中站在屋子上方。从这个距离，它看来完美无缺。又完美又安全又欢乐。一幢漂亮的红砖屋。透出小窗的灯光闪耀在草皮与树木上。窗帘也透着光，婴儿房是黄色。你的卧房是蓝色。

忘却整体大图像的诀窍在于一切只看特写。

关闭一扇门的捷径在于将自己埋没于细节。

上帝一定是这样看我们。

仿佛一切都还好。

现在脱掉你的鞋子，用你的光脚，用力踩。用力踩，一直踩。无论有多痛，那些破损碎裂的塑胶和木头和玻璃，继续用力踩直到楼下的邻居用拳头猛捶他的天花板。

4

我被指派采访的第二起婴儿床之死，位于市中心边缘一栋廉价公屋的水泥大楼里，时值午后过半，死者瘫倒在高脚椅上，而保姆在卧室里哭泣。高脚椅在厨房里。脏碗盘堆叠在水槽里。

回到市政室，我的编辑邓肯问："水槽是单槽还是双槽？"

邓肯的另一个细节是，当他说话时，他会喷口水。

双槽，我告诉他。不锈钢。冷热水开关分开，手枪握柄式陶瓷把手。没有喷嘴。

而邓肯说："冰箱的样式呢？"他唾液的小水沫在办公室灯光下闪烁。

爱玛娜牌，我说。

"他们有月历吗？"邓肯唾沫的细小痕迹喷在我的手掌、我的手臂、我的脸颊旁。口水因空调而冰凉。

我告诉他，月历上有一幅画，绘有古老的石造新英格兰磨坊，有水车的那种。由保险业者寄来的。上面写着宝宝下次看小儿科医生的预诊时间。还有妈妈接下来的同等学力测验。这些日期时间还有小儿科医生的名字全记在我笔记里。

而邓肯说:“妈的,你真行。”

他的口水在我的皮肤和嘴唇上变干。

厨房是灰色的油毡地板。料理台是粉红色,边缘上蔓延着黑色的香烟焦痕。水槽旁的料理台上有本图书馆的书。《世界诗歌童谣大全》。

书本是合上的,当我将书脊立起,当我任它自行倒下翻开,冀望它能显示出读者翻折过的地方,书页飘动翻开了第二十七页。我在页边空白处做了铅笔记号。

我的编辑闭上一只眼斜睨着我。他说:“盘子里干掉的食物是什么?”

意大利面,我说。罐头酱料。有特多洋菇和大蒜的那种。我清点了水槽下袋子里的垃圾。

每份有两百毫克的盐。一百五十卡路里的脂肪。我不知道自己期望能找到什么,不过跟现场每个人一样,期望能找出一个模式。

邓肯说:“你看过这个吗?”然后交给我一张本日餐厅版的打样页。在折页的上方,有一则广告。三栏宽乘六英寸长。最上面一行写着:

树林线餐饮俱乐部的顾客请注意

文案上写着:“您是否曾在该餐厅用餐后,感染一种疗效不彰的慢性疲劳综合症？这种源自食物的病毒是否让您无法工作以及过正常生活？要是如此，请拨以下电话号码加入集体诉讼案。”

然后是一支有着怪异区码的电话，也许是手机号码。

邓肯说：“你想里面是不是有文章？”打样页上洒着他的口水。

在市政室里，我的寻呼机开始作响。是救护人员。

在新闻学校里，他们要你成为一台照相机。一名训练有素、客观公允、不带感情的专业人员。精确、练达、观察敏锐。

他们要你相信新闻与你永远是两码子事。杀手和记者彼此之间互不侵犯。无论故事是什么，都与你无关。

我的第三起婴儿床之死发生在州内南方两小时车程的一处农庄。

我的第四个婴儿是在购物中心旁的一栋公寓大厦。

一名救护人员带我到后面的房间里说：“抱歉，我们为这个也叫你来。”他的名字是约翰·纳什，他拉下覆盖在床上那个孩子的布，一个太完美、太安详、太苍白到不可能像在熟睡的小男孩。纳什说：“这个快六岁了。”

关于纳什的细节是：他是个身穿白色制服的大块头。他穿高筒的慢跑鞋，他的头发在他头顶上扎成一株小小的棕榈树。

“我们可以去拍好莱坞片了。”纳什说道。这种干净不见血的死法，毫无死亡的痛苦，毫无逆转型蠕动①——垂死的痛苦挣扎导致你的消化系统逆向运作，使你呕吐出排泄物。“你开始吐屎，”纳

① 逆转型蠕动（reverse peristalsis），指消化道推动内容物向相反方向运动的一种蠕动。

什说,“那才是写实的死亡场景。”

他告诉我婴儿床之死多数发生在出生后二到四个月。百分之九十的死亡发生在前六个月。大多数的研究显示超过十个月几乎不可能。过了一岁大,验尸官称死因“不明”。同一个家庭中此种性质的第二桩死亡案例则被视为他杀,除非能证明另有原因。

在这栋公寓大厦,卧室的墙壁漆成绿色。床上铺着印有苏格兰猎犬的法兰绒床单。你只能闻到满是蜥蜴的水族箱气味。

当有人把枕头按压在小孩的脸上,验尸官称之为“柔性他杀”。

第五个死去的孩子位在机场外一家旅馆。

在农庄和公寓大厦中,都有一本《世界诗歌童谣大全》……翻至第二十七页。同一本借自地方图书馆的书,上面有我在页边空白处做的铅笔记号。在旅馆房间里,却没有这本书。这是一间双人房,宝宝蜷缩在一张双人大床上,就在父母亲睡的床旁边。橱柜里有一台彩色电视机,三十六英寸天擎牌,五十六个有线频道与四个本地频道。地毯是棕色,窗帘是棕底配蓝花。浴室地板有条沾着血渍与绿色刮胡膏的湿毛巾。有人忘了冲马桶。

床罩为深蓝色,闻起来有香烟的烟味。

四处都没有书。

我询问家人是否将任何东西自现场移除,在场的警官说没有。但社会局有人过来拿取了一些衣服。

“噢,”他说,“还有几本已经超过归还期限的图书馆借书。”

5

前门摆荡滑开，门内有一个耳边握着手机的女人，她对着我微笑，正在跟其他人说话。

“梦娜，”她对着电话说，“你手脚得快一点。史崔特先生刚刚到了。”

她给我看空着那只手的手背，手腕上小巧闪耀的手表，说：“他早到了几分钟。”她另一只手，她那指尖搽着白色的粉红色长指甲，她那小型的黑色手机，几乎全都淹没在她一头云朵似的、闪亮的粉红色头发里。

面带微笑，她说：“梦娜，轻松点。”然后她的眼睛上下打量我。“棕色的运动外套，”她说，“棕色宽裤，白衬衫。”她皱着眉露出不悦的样子。“还有条蓝色领带。”

这个女人对着电话里说：“中年人。一米七八，大概七十七公厅。白人。棕发，碧眼。”她对我使了一个眼色，然后说：“他今天头发有点乱，胡子也没刮，不过他看起来不会害人。”

她往前靠一点，无声地用嘴形表示：我的秘书。

对着电话，她说：“什么？”

她走到旁边，空着的手挥着，示意我进门。她翻了阵白眼，直到定睛看着我的双眼，然后说：“梦娜，多谢你的关心，但我不认为史崔特先生是来这里强奸我的。”

我们所在的位置在渥克岭大道的葛托勒庄园，这是栋乔治亚式建筑，八间卧室加上七间浴室、四个壁炉、一间早餐室、一间正式大餐厅，还有一间位于四楼达一千五百平方英尺的宴会厅。它还有独栋可停放六辆车的车库，与一栋客房。还有一座嵌地式泳池与一套防火防盗的警报设备。

渥克岭大道是那种一周五天都有人收垃圾的住宅区。这里住的是那种有能力打一场好官司的居民，而当你停下脚步自我介绍的时候，他们微笑应答。

葛托勒庄园美轮美奂。

这些邻居不会邀你进门。他们会站在半开的前门微笑。他们会告诉你他们对于葛托勒宅邸的历史真的一无所知。仅不过是栋房子。

如果你继续追问，人们会抬眼望向你身后的空旷街道。然后他们再度微笑，说：“我帮不上忙。你真的得打电话给房屋中介。”

渥克岭大道三千四百六十五号的招牌写着波尤房屋。仅接受预约参观。

在另一栋房子，前来应门的是一名穿着女佣制服的女人，还有一个五六岁的小女孩从女佣的黑裙子后探出头来。女佣摇着头，说她一无所知。“你得打电话给登广告的中介业者。”她说：“海伦·波尤。就在招牌上面。”

而小女孩说：“她是巫婆。”

女佣关上了门。

如今在葛托勒宅邸内，海伦·胡佛·波尤走过这间回音缭绕、空空荡荡的白色房间。她一边走路还一边讲着电话。她那一头云朵似的粉红色头发、她合身的粉红色套装、她的双腿裹着白丝袜、她的双足穿着粉红色的高跟鞋。她的嘴唇涂满黏腻的粉红色唇膏。她的胳膊上闪烁晃动着金色与粉红色的手镯、金色链子、吊坠、硬币。

装饰品多到足以挂满一棵圣诞树。珍珠大得足以噎死一匹马。

她对着电话里说：“你打电话给伊斯特宅院的人了吗？他们早该在两个星期前就尖叫逃命了。”

她穿过高大的对开门进到下一个房间，然后再下一个。

她说：“你的意思是什么，他们不住在里面？”

挑高的拱形窗看出去是一个石造露台。再过去是用割草机理成长条状的草坪，后面是游泳池。

对着电话，她说：“没有人会花一百二十万买房子然后不住在里面。”她的声音在这些没有家具或地毯的房间里听起来大声而尖锐。

一个粉红色与白色的皮包垂吊在金色长链子下，挂在她肩膀上。

一米六八，五十三公斤。要辨识她的岁数有点困难。她瘦成这样，不是快死了就是很有钱。她的套装是某种小格状的沙发布料，镶有白色滚边。套装是粉红色，但不是虾子的粉红。比较像是涂抹在饼干上的虾酱冻(上面缀着一小枝洋香菜与少许的鱼子酱)颜色。外套剪裁紧贴着她细窄的腰部，肩膀处垫成方形。裙子短而合身。金色的纽扣硕大无比。

她穿着洋娃娃的衣服。

“不，”她说，“史崔特先生在这里。”她抬起用眉笔画过的眉毛看着我。“我浪费他的时间?”她说，“希望没有。”

面带微笑，她对着电话说:“很好。他摇头。”

我不得不猜疑我哪一点让她说我是中年人。

我说，老实说，我不是真的打算买房子。

她用两只粉红色的手指头盖住手机，向我靠过来无声表示再一分钟就好。

我说，实话是，我从地方的验尸官办公室的一些资料上找到她的名字。实话是，我仔细研究了过去二十五年来本地每一宗婴儿床之死的法医报告。

仍然在讲电话，没有看我，她空着的那只手的粉红指甲摸摸我的衣领，稍微抵着。对着手机，她说:“所以现在是怎么样?为什么他们不住在那里?”

从她的手来判断，这个特写，她必定在三十多岁后半或四十出头。但是这种超过特定年纪与收入就可以算是美丽的标本剥制化面容，对她来说还是太老了。她的皮肤看起来已经去过角质、拔过毛、清洁过、擦过乳液、化过妆，直到她成为一件重新加工过的家具。用粉红色重新装潢。重新复原。重新修缮。

她对着手机大叫:“你在说笑！对,我当然知道拆除是什么意思!”她说:“那是历史建筑!”

她的肩膀拱起,紧靠着她脖子的两边,然后落下。她将脸自电话别开,闭着眼睛叹了口气。

她听着,站在那里的白色小腿和粉红鞋身影倒映在深色的木头地板上。你可以窥见她裙子内的阴影映照在木板的深处。

空着的手托着她的额头,她说:“梦娜,损失那个物件我们承担不起。如果他们重盖那间屋子,也许它就永远在市场上消失了。”

接着她又安静下来,在听电话。

而我不得不猜疑,打从什么时候开始不能打蓝色领带配棕色外套?

我低下头看着她的眼睛,说,波尤女士?我需要跟她私下见面,在她的办公室以外。有关我正在研究的一则故事。

但是她在我们之间挥了挥手指头。再等一下,她走到壁炉前靠在上面,用空出来的手撑在壁炉台座上,低语:“当重力锤摇摆之际,邻居们大概会起立欢呼。”

这间房间敞开的门口衔接另一间白色房间,内有木头地板与漆成白色的繁复雕花天花板。另一个方向的门口衔接一个排列白色空书架的房间。

“或许我们应该展开一场抗议活动。”她说,“我们该写信到报社。”

而我说,我是报社的人。

她的香水闻起来像汽车皮椅还有枯萎的玫瑰还有杉木的橱柜

壁板。

而海伦·胡佛·波尤说:"梦娜,等等。"

然后她朝我走回来,说:"你刚才说什么,史崔特先生?"她的眼睫毛眨了一两下,很快地。在等我回答。她的眼睛是蓝色的。

我是报社记者。

"伊斯特宅邸是一栋美丽的历史建筑,有些人想把它给拆了。"她说,一手盖着她的电话,"七间卧室、六千平方英尺。一楼全部镶满樱桃木嵌板。"

空荡荡的房间安静到可以听得见电话里微弱的声音说:"海伦?"

闭上眼,她说:"它建于一九三五年,"她将头往后倾:"配有辐射蒸汽暖气,占地二点八英亩,砖瓦屋顶——"

而微弱的声音说:"海伦?"

"——一间游戏室、附水槽的吧台、家庭健身房——"她说。

问题是,我没这么多时间。我说,我只需要知道,你是不是有过一个小孩。

她说:"——一间餐具室、一个步入式冰柜。"

我说,她儿子是否在大约二十年前死于婴儿床。

她的眼睫毛眨了一下,两下,然后她说:"你说什么?"

我需要知道她是否为她儿子大声念过书。他的名字叫帕特里克。我要找到某一特定书籍所有的存书。

用她的耳朵和外套的垫肩夹住电话,海伦·波尤啪一声扭开她粉红色与白色的皮包,拿出一对白色手套。她将手指头伸进两只手套里,她说:"梦娜?"

我需要知道她是否仍保有一本这样的书。我很抱歉，但我不能告诉她为什么。

她说："我恐怕史崔特先生对我们来说毫无用处。"

我需要知道他们是否有对她儿子进行解剖验尸。

她对着我微笑。然后无声地用嘴形表示滚出去。

而我举起双手，朝着她张开，开始向后退。

我只是需要确定这本书的所有存书都被销毁了。

而她说："梦娜，请你报警。"

6

在婴儿床之死的案例中，标准程序之一是跟父母亲保证他们并未做错任何事。宝宝不是在毛毯中闷死的。根据《小儿科期刊》，在一九四五年发表的研究报告《婴儿期机械性窒息》中，研究人员证明没有婴儿会被寝具闷死。就算是最小的婴儿脸朝下趴在枕头或床垫上，也能翻身到足以呼吸的程度。即便孩子有点轻微的感冒，也无法证明这与致死有关联。没有证据显示三合一疫苗——白喉、百日咳、破伤风——与猝死有关。就算孩子在几个小时前才看过医生，还是有可能会死。

猫也不会坐在孩子身上吸走他的命。

我们唯一知道的是，我们一无所知。

救护人员纳什让我看每个孩子身上紫色和红色的瘀青，以及氧化性血红素沉积于尸体皮下部位造成的尸斑。从鼻孔与嘴巴流出的血沫，验尸官称之为排泄体液，是腐败的自然现象之一。迫切寻求解答的人们会检查尸斑、排泄体液，甚至是尿布疹，然后假定孩子遭到了虐待。

忘却整体大图像的诀窍在于一切只看特写。

关闭任何一扇门的捷径在于将自己埋没于小细节。那些凭据。成为一名记者最棒的地方在于你可以藏身你的笔记簿之后。一切都为了做调查。

在地方图书馆的青少年区里，这本书又回馆上架，等人来借阅。《世界诗歌童谣大全》。而在第二十七页有一首诗。一首传统的非洲诗，书上这么说。这首诗一共八句，但我不需要抄下来，打从第一个宝宝死于郊区拖车房屋那时候起，它就已经在我的笔记里。我将这一页撕下，将书放回架上。

在市政室里，邓肯说："死婴的采访报导进行得如何？我要你去打这个电话，看是怎么回事。"他交给我生活风格版的打样稿，上面有一则用红笔圈起来的广告。

三栏宽乘以六英寸长，广告写着：

绿绒地健身与壁球俱乐部的顾客请注意

上面说："您是否在该俱乐部的健身器材或者休息室中的私人接触面积上感染一种噬肉真菌炎？如果是这样的话，请拨打以下的电话号码加入一起集体诉讼案。"

打通该电话号码后，一个男人的声音接起电话："迪摩、杜克与迪勒律师事务所。"

男人说:“我们需要你的姓名地址做纪录。”他在电话里说:“能否形容你的疹子？大小、位置、颜色、皮肤脱落或伤口。尽可能详细明确一点。”

你搞错了,我说。我没有长疹子。我说,我不是打来加入这起官司的。

不知为了什么,我想起海伦·胡佛·波尤。

当我说我是报社的记者时,这男人说:“我很抱歉,但是在起诉之前,我们不能讨论这件事。”

我打电话给壁球俱乐部,但他们也不愿意谈。我打给之前广告上的树林线餐饮俱乐部,但他们不愿意发言。这两则广告的电话号码是同一支。有着怪异的手机区码。我又打了一次,而男人的声音说:“迪勒、杜姆与杜克律师事务所。”

我挂了电话。

在新闻学校,他们教你从最重要的事实开始着手。他们称之为反转的金字塔。把人、事、时、地与因果放在文章的起头。然后依序往下列出次要的事实。这么一来,编辑能够随时修剪故事长度而不会遗漏任何比较重要的资料。

所有的小细节,床罩的气味、盘子里的食物、圣诞树饰品的颜色,这些东西必然扔在编辑室的地板。

婴儿床之死唯一的模式,是案件往往在天气转凉入秋时分增加。这是我的编辑想在我们第一篇报道中引出的论据。用来激起人们的恐慌。五个婴儿,五期报道。如此一来,我们可以吸引人们阅读连续五周星期日的系列报道。我们可以承诺探究婴儿猝死的原因与模式。我们可以祭出希望。

有些人仍认为知识就是力量。

我们可以跟广告商担保高回馈的阅报率。窗外，天气已经开始转凉。

回到市政室，我要求我的编辑帮我一个小忙。

我想或许我已经找出一个模式。看起来每个家长可能都在孩子过世的前一晚，大声为他们朗读同一首诗。

“五个都是?”他说。

我说，我们来做个小实验。

现在已经是深夜，我们俩都经历了漫长的一天而疲惫不堪。我们坐在他的办公室里，我要他仔细听。

这是一首关于动物即将入眠的古老诗歌。这首诗既依恋又感伤，而当我在日光灯下大声朗诵出这首诗的时候，我觉得我的脸颊因氧化性血红素而涨红发烫，隔着办公桌，我的编辑松开领带，敞着领口，合上双眼往后靠在椅子上。他的嘴巴微微张开，他的牙齿跟咖啡杯都沾染着同一种棕咖啡色。

还好只有我们两人独处，也只花了一分钟。

最后，他睁开眼睛说:“这他妈的什么意思?”

邓肯的眼睛是绿色的。

他的口水在我的手臂上落下小小的冷水滴，带来细菌，小型的湿铅弹，带来病毒。棕色的咖啡唾液。

我说我不知道。书上称这首诗为勾魂歌。在某些古老文化，当有饥荒或干旱发生，或是其土地再也不堪负荷的某个部落，他们会唱这首歌给孩子们听。你唱给战场上受创负伤的战士听，唱给饱受病魔摧残的人们听，唱给任何你希望能让他们尽快离开人世的人听。好终结他们的痛苦。这是一首摇篮曲。

至于伦理道德，我从记者工作学到的不是去判断事实。你的工作不是筛选资讯。你的工作是搜集细节。只有在场的那些东西。做一个不偏不倚的目击者。如今我知道，有一天你会毫不迟疑地在圣诞夜打电话给那对父母。

邓肯看了他的手表，然后看着我，说："所以你的实验是什么？"

明天，我会知道这里面是否存在因果关系。一个真正的模式。我的工作只是说故事。我将第二十七页放进他的碎纸机里。

棍棒和石头或许能打断你的骨头，但文字永远不会伤害你。

在我确认之前，我不想多做解释。目前还是个假设性的情况，因此我要求我的编辑迁就我一下。我说："邓肯，我们都需要休息一下。或许明天早上我们可以谈谈。"

7

当我喝着第一杯咖啡时，亨德森从国内版办公桌走过来。有些人抓了他们的外套朝电梯走去。有些人拿了杂志走进洗手间。其他人躲在电脑屏幕后面假装在打电话，而亨德森领带松松地挂在敞开的领口，站在新闻室的中央大吼："邓肯到底死到哪里去了？"

他大叫："当日版要印了，我们需要头版其他该死的资料。"

有些人只是耸耸肩。我拿起电话。

关于亨德森的细节是，他有一头梳过前额的金发。他从法学院休学。他是国内版的编辑。他随时掌握雪况预报，每件外套上都挂着一张滑雪证。他的电脑密码是"密码"。

他站在我的办公桌旁说："史崔特，你只有那条难看得要死的蓝领带吗？"

电话握在耳朵旁，我无声地用嘴形表示采访。我问着拨号音说，是“男生”的“男”吗？

我当然不会告诉任何人我读了那首诗给邓肯听。关于我的理论，我不能报警。我不能向海伦·胡佛·波尤解释我为什么需要询问有关她死去儿子的事情。

我的领口紧到我必须用力吞咽才能把咖啡吞下。

即使人们相信了我，他们想知道的第一件事情会是：什么诗？

亮出来。证明给我们看。

问题不是：诗会不会流出去？

问题是：人类将多快灭绝？

眼前是掌握生杀大权与一种冷漠干净不见血的简单死法，任何人，每一个人，唾手可得。一种快速、不见血、好莱坞死法。

即便我不说，等到《世界诗歌童谣大全》进入教室还有多久？等到第二十七页的勾魂歌念给五十个准备午休的小朋友听还有多久？

等到它透过广播念给千万个人听还有多久？等到它配上音乐？翻译成其他语言？

该死，它毋须翻译就能有效发挥作用。宝宝不会说任何一种语言。

已经有三天没人见过邓肯。米勒以为克莱打了电话到邓肯家。克莱以为费尔摩打了电话。每个人都肯定别人已经打了电话，但没有一个人跟邓肯讲到话。他也没回电子邮件。卡洛瑟说邓肯连生病都懒得打电话来请假。

又一杯咖啡下肚之际，亨德森拿了一张休闲版的样来到我办公桌前。折叠处显示一则广告，三栏宽乘六英寸长。亨德森看着我敲着我的手表拿到耳朵旁听，他说："你有在晨间版看到这个吗？"

广告写着：

丽晶太平洋航空的头等舱乘客请注意

广告上面说："您是否在接触到该航空公司的座椅椅垫、枕头或毛毯后，感染掉发以及/或阴虱引起的不适？假使如此，请拨打以下的电话号码加入一起集体诉讼案。"

亨德森说："你打过去没有？"

我说，也许他该闭上嘴自己去打。

而亨德森说："你是专题报道先生。"他说："这里不是监狱，我可不是你的婊子。"

我要杀人了。

成为一个记者的条件不是因为你善于保守秘密。

当一个记者是要说话，是要传播坏消息，散播败德感染力，史上最震撼的事迹。这可能是大众媒体的终结。

勾魂歌是只有在资讯时代才会出现的传染病。试想一个人们回避电视、广播、电影、网络、报章杂志的世界。人们必须像戴上保险套与橡胶手套一样戴上耳塞。在过去，人们不怎么担心与陌生人发生性关系。在那之前，是跳蚤的叮咬。或未经处理的饮用水。蚊虫。石棉。

想象你经由耳朵感染的传染病。

石头和棍棒能打断你的骨头，如今连语言文字也能杀人。

这种新死法，这种传染病，能来自四面八方。一首歌。一则无意中听到的通告。一起新闻播报。一场演讲。一个街头艺人。你可以从电话销售员那儿染上死。从一位老师。从一个网络文件。从一张生日卡片。从一个幸运签饼。

很可能会有一百万个人收看一个电视节目后，隔天早上全死光了，就因为一首广告歌。

想象这会造成的恐慌。

想象一个新的黑暗时代。探险与贸易路线将第一场黑死病从中国带到欧洲。藉由大众媒体，我们有数不清的新传播途径。

想象这场焚书之举。还有卡带和影片和档案，收音机和电视机，都会被丢进同一个火堆。全部的图书馆与书店在暗夜里陷入火海。人们将攻击微波中继站。拿斧头斩断每一条光纤电缆。

想象人们吟诵祈祷文，歌咏赞美诗，以淹没任何可能带来死亡的声响。他们的双手紧盖在耳朵上，想象人们回避任何死亡可能被编码混音的歌曲或演说，就像疯子会在一罐阿斯匹林里下毒一样。任何新的字眼，任何他们原来不了解的一切都可疑而危险。要隔绝。一场对抗传播通讯的检疫隔离。

要是这是一则死亡符咒，一种咒文，那么一定还有其他。要是我知道有关第二十七页的事，那么一定还有其他人知道。我没有那种先知先觉的头脑。

要过多久这首勾魂歌会遭人剖析然后创造出另一种变调，接着是另一种，又另一种？全部都会更新改良。直到奥本海默①发明

---

① 原子弹之父。一九四二年起领导美国在二次世界大战期间负责研发原子弹的“曼哈顿计划”，于一九四五年成功试爆第一批原子弹。

原子弹以前，那被认为是不可能的事。如今我们有原子弹有氢弹有中子弹，而人们还在不断拓展这个构想。我们被迫进入一种新的恐怖范例。

要是邓肯死了，他的死是必要的伤亡。他是我的大气核子测试。他是我的三位一体(Trinity)①。我的广岛。

不过，文案室的帕尔默相信邓肯在写作室。

写作室的詹金斯说邓肯大概在美术部。

美术部的霍利说他在剪报图书室。

图书室的休特说邓肯在文案室。

在这附近，这就算事实。

他们目前施行于机场的安全措施，试想在勾魂歌走漏之后，这种镇压手段实行于所有的图书馆、学校、戏院、书店。任何可能散布消息的地方，你都会看到武装警卫。

无线电波将会像小儿麻痹症恐慌时期空无一人的公共游泳池。从此以后，只会播放少数的政府广播节目。只有彻底净化的新闻与音乐。从此以后，任何音乐、书籍和电影对大众发行前，都会先以实验室的动物或自愿的罪犯加以测试。

人们不是戴着手术面罩，而是戴上耳机，给予他们安全音乐与虫鸣鸟叫的安心持续保护。人们会付钱购买"纯"新闻的供应，一种"安全"资讯与娱乐的来源。如同牛奶与肉品与血液的查验方式一样，试想书籍与音乐与电影将会受到滤化与均质化。加以检验，

① 奥本海默团队于一九四五年七月十六日于美国新墨西哥州举行第一次原子弹试爆的代号。

证明可供消费。

人们会乐于放弃他们绝大多数的文化，以确保任何一丁点过滤后的残留物确实安全干净无虞。

白色噪音(white noise)①。

想象一个寂静的世界，在那里，任何足以藏匿一首致命诗作的声量或声长都会遭禁。再也没有摩托车、除草机、喷射机、电动搅拌器、吹风机。一个人人都惧于聆听的世界，怕他们会听到车水马龙背后的东西。某个埋藏在隔邻大声音乐中的有毒言语。试想对于语言越来越多的抗拒。没有人开口说话，因为没有人敢听。

聋人将承袭这片大地。

还有文盲。与世隔绝之人。试想一个充满隐士的世界。

又喝了一杯咖啡，而我的尿多得跟牛一样。国内版的亨德森在男厕逮到正在洗手的我，对我说了什么。

什么都有可能。

我的手正放在烘手机下吹干，我大叫说我听不见他说话。

“邓肯!”亨德森大叫。盖过水声与烘手机的声音，他大叫说：“一间旅馆房间发现两具尸体，我们不知道这算不算新闻。我们需要邓肯来决定。”

我猜他说的是这个。太多噪音了。

面对镜子，我检查自己的领带，用手梳过我的头发。在一息之

① 又称 Electronic Voice Phenomenon，简称 EVP，指的是在任何接收/录制媒介——磁带、数位录音机、收音机，甚至是电视、电脑或电话上，所捕捉到的预期外的声响或声音。

间，当亨德森的身影反射在我身旁时，我可以全速复诵勾魂歌，而过了今晚他再也不会出现在我的生命。他和邓肯。死得一干二净。就这么简单。

相反的，我问他能不能穿棕色夹克配蓝领带。

8

当第一个救护人员抵达现场时，他采取的第一个行动是打电话给他的股票经纪人。这位救护人员，我的朋友约翰·纳什，估量了普瑞斯曼大饭店17F号套房内的情势之后，指示抛售他所有斯图尔特西方科技公司的持股。

“他们可以开除我，没错，”纳什说，“但是在我打电话的那三分钟里，床上这两个人不会因此死得更彻底。”

他下一通电话是打给我的，问我要不要给他五十块钱打探几条额外的消息。他说要是我有斯图尔特西方的股票要抛售的话，就动身前往医院旁第三街的酒吧。

“老天爷，”纳什在电话里说，“这娘儿们长得真美。如果不是特纳在场的话，特纳是我的搭档，我还真不知道会怎样。”然后他挂上电话。

根据股市即时看盘显示，斯图尔特西方科技的股票已经跌落谷底。关于公司创办人贝克·路易斯·斯图尔特以及他的新婚妻子潘妮·普莱斯·斯图尔特的消息必然已经走漏了。

昨天晚上，斯图尔特夫妇于七点时在主厨之家用餐。要收买旅馆服务人员实在容易得很。据他们的服务生说，其中一个点了鲑鱼意大利炖饭，另一个人点了意大利褐蘑菇。他说，光看账单，无法判断谁点了什么。他们喝了一瓶黑皮诺红酒。其中一人点了奶酪蛋糕当甜点。两个人都点了咖啡。

到了九点，他们开车前往钱伯斯艺廊的晚间派对，那里的服务生告诉警方说这对夫妻跟好几个人聊天，包括艺廊的老板以及他们新家的建筑师。他们两人都又喝了一杯平价酒。

到了十点半，他们回到普瑞斯曼大饭店，他们自从婚礼后近一个月的时间都住在17F号套房里。

饭店的接线生说他们在十点半到午夜间打了好几通电话。在十二点十五分，他们打电话到饭店柜台要求早上八点的电话叫醒服务。柜台人员确认他们使用电视遥控器点了一部付费观赏的色情影片。

到了隔天早上九点，清洁人员发现他们已经死了。

“你问我的话，我会说是栓塞症。”纳什说：“你猛亲狂吸一个女孩子，把空气吹到她身体里，或者干她干得太用力，不管怎样，你硬是把空气挤进她的血管而泡泡就这么流到心脏里。”

纳什是个胖子。这个大块头在他的白色制服外穿了一件厚外套，他穿着他的白色慢跑鞋，我到的时候他正站在吧台旁。两只手肘撑在吧台上，正在吃圆形面包夹牛排肉三明治，芥末酱与蛋黄酱从面包另一端流出来。他正在喝一杯黑咖啡。他油腻腻的头发在头顶上扎成一株黑色棕榈树。

而我说,怎样?

我问,那个地方是不是被翻箱倒柜?

纳什只是嚼个不停,他的大下颌一圈又一圈摇摆着。他用两只手拿着三明治但两眼越过三明治瞪着满是腌黄瓜与炸薯片的餐盘。

我问,他在饭店房间有没有闻到什么气味?

他说:“像他们这样的新婚夫妻,我认为是他把她干到死,然后他自己心脏病发作。跟你赌五块钱,我说他们解剖她会发现心脏里有空气。”

我问,他有没有至少从他们的电话机回拨“星号键加 69 键”,查一下他们最后打电话给谁?

而纳什说:“没办法这样搞,饭店的电话不行。”

我问,我花了五十块还要更多资料,不能只有他对着死尸流口水。

“你也会流口水,”他说,“妈的,她真是有够养眼。”

我问,现场是否留下任何有价物品——手表、皮夹、珠宝?

他说:“也还是暖的,在棉被下。够暖了。没有死亡的苦痛,什么都没有。”

他的大下颌嚼啊嚼的,现在更慢了,两眼漫无目的地朝下望。

“要是你能得到任何你想要的女人,”他说,“假如你能以任何你想要的方式占有她,你难道不会干吗?”

我说,他所说的是强奸。

“不算,”他说,“如果她已经死了的话。”他嘴里嚼着一片洋芋片。“如果我是单独一个人，单独一人还戴了套子的话……”他含着食物说，“我绝不会让验尸官在现场采集到我的DNA。”

然后他谈到谋杀。

“不是说有其他人杀害她，”纳什说，然后看着我，“或者是杀了他。那个做丈夫的有个好看的屁股，要是你有断袖之癖的话。没流脓。没尸斑。没表皮松垮。什么都没有。”

他怎么能这样讲话还边吃东西，我真搞不懂。

他说：“他们两个都一丝不挂。床垫上有一大块湿渍，就在他们俩中间。对，他们有做。做了然后死翘翘。”纳什嚼着他的三明治说：“看到她在那儿，比起我搞过的任何一个屄都好看。”

要是纳什知道勾魂歌，世界上不会有女人还活着。还活着或者还是个处女。

要是邓肯死了，我希望回答呼叫的不是纳什。或许这次还戴了套子。或许他们这里的洗手间就有卖。

既然他看得这么仔细，我问他是否看见任何瘀伤、咬伤、螯伤、针孔痕迹，任何迹象。

他说：“不是那样子的。”

自杀留言？

“没有。没有明显死因。”他说。

纳什将手里的三明治转个头，舔吮尾端流出的芥末酱与蛋黄酱。他说：“你还记得杰弗里·达默①吗？”他舔了舔说：“他不是一

① Jeffrey Dahmer，美国连环杀人魔，于一九七八年至一九九一年间，共杀害十多名男子，将被害人分尸并煮食。

开始就打算杀这么多人。他只是以为你可以在某个人的头颅上钻一个洞，倒一些下水管道清洁剂进去，然后把他们变成性爱僵尸。达默只是想更爽一点。”

所以我花五十块钱得到了什么？

“我只能提供一个名字。”他说。

他用牙齿，从三明治里扯出一条牛排肉。肉片贴附着他的下巴，直到他将头向后甩，将肉片翻抛到嘴里。一边咀嚼，他一边说：“对，我是猪。”他的鼻息、口气全是芥末的味道。他说：“根据他们两人的手机通话记录，最后一个跟他们说过话的人，上面显示的名字叫做海伦·胡佛·波尤。”

他说：“你照我的话把股票脱手了没？”

9

又见到同样的英国威廉与玛丽式[①]办公柜。根据前方粘贴的说明卡，这是上了黑漆的松木搭配以银漆描绘的波斯景物，圆球形的支脚，三角楣饰以大量雕凿的涡形圆圈与贝壳纹理。这必定是同一件橱柜。我们就在这里右转，走过大型立柜间狭长的通道，接着再次于一件英国摄政时期的餐具柜处右转，然后于一张联邦时期的沙发处左转，但如今我们又绕回原地。

海伦·胡佛·波尤用手指碰触银漆，那些已然黯淡的波斯宫廷生活之男男女女，然后说："你所说的事情我一点头绪都没有。"

她杀了贝克与潘妮·斯图尔特。她在他们死亡前一日某个时

① 威廉与玛丽式家具乃是得名于英格兰王朝之威廉国王与玛丽皇后，两人在位期间自一六八九至一六九四年。这种风格的家具受到当时欧陆、荷兰以及中国风格的影响，具有独特的特征，如弯曲的喇叭形腿、球状或西班牙式的支脚、软垫或藤制座位，以及东方的漆器工艺。

候，打电话到他们各自的手机。她对他们两个人念了勾魂歌。

“你以为我唱歌给他们听好杀掉那些倒霉鬼?”她说。今天她的套装是黄色的，不过她的头发依旧又多又粉。她的鞋子也是黄色，但她颈项上依旧挂着金色的链子与珠子。她的脸颊看起来粉红又柔软的样子，因为搽了过多的粉。

不消花多少气力挖掘就能查出斯图尔特夫妇正是伊斯特大道宅院的买主。一幢内有七间卧室的优美历史宅邸，一楼全部镶满樱桃木嵌板。一幢他们计划拆除并重建的宅邸。一项激怒海伦·胡佛·波尤的计划。

“噢，史崔特先生，”她说，“听听看你自己说的话。”

从我们站的地方，沿着家具延伸开展四面八方一条条几米长的狭长走道。越过走道底端，每一条走道皆转弯或分岔为更多的走道，大型橱柜自左右挤压，餐具柜壅塞成一堆。透过任何低矮的物品，扶手椅或沙发或餐桌，你也只能看见隔壁一条由柜橱排成的走道，隔壁一道由老爷钟、上釉的屏风与佐治亚式写字台筑起的矮墙。

这是她提议我们碰面的地方，我们可以私下交谈的地方，就在这种仓库式的古董家具店。在这片家具的迷魂阵中，我们一再撞见相同的威廉与玛丽式办公柜，然后是相同的摄政时期餐具柜。我们在绕圈圈。我们迷了路。

而海伦·波尤说：“你跟其他人谈过你的杀人歌曲吗?”

只有我的编辑。

“你的编辑怎么说?”

我想他死了。

而她说:“好一个意外啊。”她说:“你一定觉得很难受。”

在我们上方,水晶吊灯挂在不同的高度,全都如同上了粉的假发一般混浊灰暗。磨损的铁丝绞扭在吊灯链子钩住的屋顶梁栋处。断裂的铁丝,满是灰尘的坏灯泡。每一座吊灯不过是另一个斩去脑袋的古代贵族倒吊在上面。横跨在一切之上的是仓库的屋顶,大量的弓形桁架支撑着波纹钢板。

“跟着我就是了,”海伦·波尤说,“大型橱柜不是应该只有朝北的一面才会长苔吗?”

她将两只手指放到嘴里沾湿后举起。

洛可可风的玻璃橱窗,英王詹姆士一世时期①的书架,哥特复兴时期②的高脚五斗柜,件件雕凿磨光,法式乡村风格的橱柜,围绕在我们身旁。英王爱德华时期的胡桃木古董柜,维多利亚女王式的雕框立镜,文艺复兴时期风格的衣柜。胡桃木与红木,黑檀木与橡木。瓜形球状支脚与卡普李奥脚(cabriole legs)③与仿亚麻折布饰面嵌板。越过任何走道转弯处,所见的只有更多。安妮女王的西洋梳镜柜。更多雀眼枫木。珠母贝嵌饰与镀铜饰片。

我们的脚步声回响在混凝土地板上。钢板屋顶随着雨声发出低吟。

---

① 原文Jacobean一词源于英国詹姆士一世(在位期间一六〇三—一六二五)的名字,现在则常作为区隔古董家具风格年代之用,以满布的立体造型设计著称。深凿的木材与强烈塑形的银。强调特殊的元素,如球根状的栏杆。

② 哥特复兴式在维多利亚时期(1837—1901)出现,具有地方民族的色彩,初期在庄园府邸建筑中模仿城堡或哥特教堂样式,强调风景如画的理念,哥特复兴盛期则具有强烈的雕刻性,及多样的色彩。哥特复兴晚期则倾向于温和的、妥协的折衷样式。

③ 一种家具的弯脚,连接家具底部的上半部呈弯曲圆滑,往下延伸则逐渐缩细,接地处如动物足掌般成圆球状。

而她说："你不觉得，好像被历史给掩埋？"

她用她粉红色的指甲，自她黄白相间的皮包中拿出一串钥匙。她用手掌握住钥匙，于是只有最长最锐利的尖端露出指缝。

"你明不明白任何你生平所能做的一切事情，在一百年后都将毫无意义？"她说，"你以为，一个世纪后，还会有人记得斯图尔特夫妇？"

她逐一查看光亮的面板、桌面、梳妆台、门扉，处处皆有她的身影漂浮横越其上。

"人都会死，"她说，"人们拆除屋宇。但是家具，精致华美的家具，却绵延不绝，超越一切幸存下来。"

她说："橱柜是我们文化中的蟑螂。"

她的步伐丝毫不乱了，她拖着钥匙的金属尖端划过一座橱柜光亮平滑的胡桃木表面。其声响如同任何尖锐物划开柔软物一般沉静。割痕深邃，暴露出单板下粗糙廉价的松木。

她在一座装有磨边玻璃门扇的衣柜前停下来。

"想想每一代对着这面镜子细细端详的女人，"她说，"她们将它买回家。她们在镜中年华老去。她们都死了，所有那些年轻美丽的女子，但现在这座衣柜在此，比从前更有身价。一个活得比宿主还长的寄生物。一只寻找着下一顿大餐的肥大掠食者。"

在这团古董的迷魂阵中，她说，是每一个曾经拥有这些家具的主人阴魂。每一个足以证明其成功富裕的人。他们一切的才华智识与容颜，比这些装饰性的垃圾还短命。这一切家具所应当代表的功绩与成就，全早已消逝无踪。

她说："在一切事物庞大的诡计中，斯图尔特夫妇怎么死的真的有那么重要吗?”

我问,她怎么查出勾魂歌的事?是因为她儿子帕特里克之死吗?

而她只是继续漫步,拖曳着指尖划过雕凿的棱边、磨亮的表面,损毁把手并刮花镜面。

要查出她丈夫怎么死的不用花多少工夫。帕特里克死后一年,他被人发现死在床上,没有一点伤痕,没有自杀遗言,没有死因。

而海伦·波尤说:“有人发现你的编辑怎么了吗?”

自她黄白相间的皮包里,她拿出一对晶亮小巧的银色钳子与螺丝起子,洁净精密到简直可以拿来动手术。她打开一座橱柜精雕细琢的硕大门扉说:“帮我把这扇门抓稳,麻烦你。”

我抓着门而她在里面一阵繁忙,直到门扉上的门闩与门把松脱掉落到我脚边的地板上。

一分钟后,她拿到门把还有镀铜饰片,她取走除了转轴外所有的金属,并将这些东西放进她的皮包中。被扒个精光的橱柜看起来像是瘸了腿、瞎了眼、被阉割、被分尸。

而我问,她为什么这么做?

“因为我钟爱这件家具,”她说,“但我不要成为它的下一个受害人。”

她将门关上,并将她的工具收进皮包里。

“等到他们将价钱降到相当这件家具新出厂的价格时,我会回来买下它。”她说,“我很钟意,不过我只依我自己的条件拥有它。”

我们又走了几步,接着走道分裂成梳妆镜与帽架、伞筒与外衣架的一片丛林。远远在这一片之后，是另一堵书柜与橱柜组成的城墙。

“伊丽莎白女王式，”她一边说，一边触摸着每件物品，“都铎式……伊斯雷克式(Eastlake)①……史提克利式(Stickley)②……”

当有人将两件老家具，比方说一面镜子与一座梳妆台，将它们钉在一起时，她说专家称之为一件“已婚”家具。就古董来说，它被视为毫无价值。

当有人将两件家具拆开，比方说一座碗橱与一个碗架，并将它们分别出售时，专家称这些家具为“离婚”。

“然后同样的，”她说，“它们也一文不值。”

我说明自己如何试着找到那本诗集的所有存书。我说明永远不让其他人发现这个咒语有多么重要。在邓肯的事情发生之后，我发誓将烧毁我所有的笔记并且忘掉自己曾经知道勾魂歌的事情。

“而要是你忘不掉的话呢？”她说，“要是它就这么留在你的脑海中，如同那些蠢兮兮的广告歌不断重复的话怎么办？假使它就这么长存下来，就像一把上了膛的枪等着有人来把你惹毛的话怎么办？”

我不会用它的。

“理论上来说，当然了，”她说，“要是我也发过一样的誓怎么

---

① 十九世纪后半期，由英国建筑师暨作家 Charles Eastlake 在美国撰书倡导而受到启发的一种家具风格。着重俭朴风格与工匠手艺。

② 由美国著名的家具设计师 Gustav Stickley 于二十世纪初开创的风格，强调简单的对称线条，营造出朴实沉稳的风格。

办？就是我。这个你说意外地杀了她自己小孩和丈夫的女人，一个因这项诅咒的力量而饱受折磨的女人。要是连像我这样的人到最后都开始用这首歌，你凭什么以为你不会？”

我就是不会。

“你当然不会了。”她说，然后一点声音也没有的干笑。她右转，经过一座比德迈尔（Biedermeier）矮柜，快步，接着经过一个新艺术（Art Nouveau）风格的落地柜后再次转弯，一分钟后她便不见人影。

我加快脚步跟上，依旧迷失方向，说着，我们若想从这里面脱身的话，我想我们不能落单。

在我们正前方是一座英国威廉与玛丽式的办公柜，黑漆的松木搭配以银漆描绘的波斯景物，圆球形的支脚，三角楣饰以大量雕凿的涡形圆圈与贝壳纹理。带领着我深入密密丛丛的陈列柜与壁橱与书橱与高脚柜，摇椅与梳妆镜与书架，海伦·胡佛·波尤说她要告诉我一个小故事。

10

回到新闻编辑办公室，一片鸦雀无声。众人群聚在咖啡机旁窃窃私语。众人张大了嘴听着。没有人在哭。

亨德森逮住正在挂外套的我，说："你打电话给丽晶太平洋航空询问阴虱的事情没？"

而我说，在起诉前，没有人愿意发表意见。

而亨德森说："只是要跟你说一声，现在起你向我呈报。"他说："邓肯不仅不负责任，他根本就死了。"

毫发无伤地死在床上。没有自杀遗言，没有死因。他的房东发现他后叫了救护人员。

而我问，有任何迹象显示他被鸡奸吗？

而亨德森把头往后略略一抬说："你说什么？"

有人干他吗？

“老天爷,没有。”亨德森说,“你为什么会问这种事?”

而我说,没有原因。

至少邓肯没成为某个人的死尸性玩偶。

我说,如果有人要找我的话,我会在剪报室。我需要调查一些事证。只需要读上几年的报纸报道。只是有好几卷的微缩胶卷要看过。

而亨德森在我背后喊着:“别跑远。邓肯死了,不表示你就不必做死婴的采访。”

棍棒和石头或许能打断你的骨头,不过那些该死的字句你才应该当心。

根据微缩胶卷表示,一九八三年在奥地利维也纳,一位二十三岁的护士助手为一个求死的老女人注射过量的吗啡。

那个七十七岁的老女人死了,而那位护士助手沃楚德·瓦格纳,则察觉自己喜爱这种掌握生死大权的力量。

这些全在一卷又一卷的微缩胶卷中。只有这些事证。

一开始只是为了帮助濒死的病患。她工作的地方是一家为老年人与慢性病患设立的超大型医院。人们在此苟延残喘,等候死亡。除了吗啡,这位年轻女子发明她称之为清水疗法的东西。为了解除苦难,你将病患的鼻孔捏紧。你将他的舌头往下压,接着你将水灌进他的喉咙里。死亡是一场缓慢的折磨,但老人们总是被发现因肺部积水而死。

这位年轻女子称自己为天使。

一切看起来再自然不过。

瓦格纳的所作所为是一项高尚、英勇的事迹。

她是苦痛与磨难的终极尽头。她既温柔又富有同情心又敏锐，而她只对那些自己求死的人下手。她乃是死亡天使。

到了一九八七年，又多了三位天使。四个护士助手全都上大夜班。此时，这家医院已经被昵称为死亡别馆。

不只是终结苦难，这四个女人开始对那些打鼾或尿床或不肯吃药或在深夜按铃呼叫护士站的病患施予她们的清水疗法。任何一点微不足道的干扰，那名病患隔天晚上便一命呜呼。每当病患有一点怨言时，沃楚德·瓦格纳会说："开给这家伙一张上天堂的单子。"然后咕噜、咕噜、咕噜。

"那些把我惹毛的人，"她向当局这么说，"就直接发派到仁慈老天爷身旁的空病床。"

一九八九年，一个老女人骂瓦格纳人尽可夫，结果得到清水疗法伺候。事后，这些天使们在一家酒馆喝酒说笑，模仿嘲弄这个老女人抽搐痉挛的样子与她脸上的神情。被邻座一个医生听见。

事到如今，维也纳卫生当局估计已经有大约三百人被施予清水疗法。瓦格纳被判终身监禁，其他人则被判处较轻的刑责。

"我们可以决定这些老顽固的死活。"瓦格纳在她的审判时这么说，"反正他们上天堂的门票老早就到期了。"

海伦·胡佛·波尤跟我说的是真的。

权力使人腐败。而绝对的权力使人绝对的腐败。

所以且放松心情，海伦·波尤告诉我，且享受一下这体验。

她说："即便是绝对的腐败也有些意想不到的好处。"

她说想一下所有你想要从你的生活中除掉的人。想一下所有你能够整顿妥当的脱序现象。这种雪耻的机会。想一下这会有多么轻而易举。

而我的脑海中还回荡着纳什。纳什在那里,流着口水打着主意,巴望着不管哪个女人、哪个地点,至少有几个钟头既乖乖听话又美艳动人,在一切事物开始发凉毁坏之前。

“你说,”他说,“那样跟绝大多数的爱情有什么两样?”

任何人、所有人都能变成你下一个泄欲僵尸。

但只因为这个奥地利护士和海伦·波尤以及约翰·纳什无法自持,并不表示我就会成为一个无法无天、不用大脑的杀人凶手。

亨德森来到图书室门口大吼:“史崔特!你把寻呼机关了吗?我们刚刚接到另一个关于冰冷婴尸的电话。”

那位编辑死了,不过编辑万岁万万岁。眼前是新老板,跟旧老板半斤八两。

然而,当然了,这世界少了某些人大概会变得更美好。对,这个世界可以完美无缺,只消这里修一点、那里修一点。稍微清理一下门户。一些不自然的筛选。

但是不行,我绝对不会再用一次勾魂歌。

绝对不会。

即使我真的用了,我也不会为了报复而使用它。

我不会为了方便而用它。

我当然不会为了泄欲而用它。

不行,我一辈子都不会再用。

然后亨德森大叫:“史崔特!你到底打电话去问了头等舱阴虱的事没有?你打电话问了健身俱乐部里吃屁股真菌的事没有?你得纠缠一下树林线的人否则你永远也成不了事。”

如同打了一阵哆嗦一般快，我退缩到走廊的另一头，当我抓起外套走向门口之际，勾魂歌盘旋缠绕在我的脑海中。

但是，不会的。我绝对不会再用一次。就是这样。我就是不会。绝对不会。

11

这些噪音狂，这些寂静恐慌症者。

从天花板传下来一击一击又一击的鼓声。透过墙壁，你听见死人的笑声与掌声。

甚至在浴室，甚至在淋浴，透过莲蓬头的嘶嘶水气，水花四溅在浴缸里、泼洒在塑胶浴帘上的声音，你都还可以听见广播的谈话节目。并不是说你要每个人都死，但能对这世界发动勾魂歌攻击不失为痛快之举。就放手享受这些恐惧。一旦人们立法禁止高分贝的声音、任何足以窝藏咒语的声响、任何足以掩饰致死诗篇的乐音或噪音，自此，这世界将寂静无声。危险而惊惧，但寂静无声。

我指尖下的瓷砖鼓动着一阵轻微的韵律。浴缸随着穿透地板传来的吼叫声而震动。如果不是受到核试爆所惊醒的史前飞天恐龙即将毁灭楼下的住户，就是他们的电视太大声了。

在这个诺言一文不值的世界里，这个立誓不具任何意义的世界里，这个许下承诺就是为了打破的世界里，若能眼见字句又重新夺回力量会是件好事。

在一个勾魂歌成为常识的世界里，将会产生声音的管制。就如同战争时期，巡视人员将四处巡逻。但他们并非搜索光芒，而是聆听噪音声响，告诉众人何时该闭上嘴巴。如同政府监视空气与水污染一样，同样的政府会挑出任何比耳语还大的声响，然后发出拘捕令，还开动直升机，当然是特殊消音的直升机，四下搜查噪音，就跟他们现在四下搜查大麻一样。人们将穿着胶底鞋蹑手蹑脚地走路。告密者将在每个钥匙孔附耳偷听。

那会是个危险、人心惶惶的世界，但是你至少能够敞开窗户入睡。那会是每个字每个句子都足以换来千张照片注目的世界。

很难说这世界是否还会比现在更糟糕，这些扬锣捣鼓的音乐，这些震耳欲聋的电视，这些声嘶力竭的广播。

或许没有了老大哥填塞我们，人们会开始思考。

好的是我们的心智或许能为自己所有。

反正伤不了人，我便念出勾魂歌的第一句。这里没有人会被杀害。怎样也不会有人听见。

而海伦·胡佛·波尤说得没错。我还没忘记。第一个字引来第二个字。第一句话引来下一句话。我的音量暴增到犹如歌剧一般洪亮。字字句句如雷贯耳如同保龄球道上深沉的滚动声响。雷鸣敲着瓷砖与塑胶地板传出回音。

用我高亢宏亮的歌剧嗓音，勾魂歌不再像在邓肯办公室里听起来的那样蠢兮兮的。它听起来浑厚而饱满。它是末日审判的响音。它是我楼上邻居的末日审判。它是我终结他性命的手段，而我已经念完了整首诗。

还湿着身体，我颈背却觉毛发倒竖。我的喘息静止。

接着，什么也没发生。

来自楼上的，是音乐的震动。来自四面八方的，是广播与电视谈话、微弱的枪声、笑声、爆炸声、警报声。有只狗在吠。算得上是所谓的黄金时段。

我关了水。甩了甩头发。拉开浴帘伸手拿浴巾。然后我看见。

通风口。

排气井连接着每一间公寓。而通风口永远洞开。它传送浴室的蒸气、厨房的烹煮气味。它传送每一丝声响。

湿答答站在浴室地板上，我只能瞪着通风口两眼发直。

我刚才可能把整栋楼的人全杀了。

12

纳什在第三大道的酒吧，用手挖着洋葱酱吃。他将两只油亮的手指伸进嘴里，吸吮之用力以致他的两颊凹陷进去。他拔出手指头，又从塑胶瓶中挤出更多的洋葱酱。

我问他这算不算是早餐。

“你要问问题的话，”他说，“得先亮出钞票给我看。”然后他将手指头伸进嘴里。

在纳什另一侧，在吧台另一端有个留着络腮胡的年轻小伙子，穿着一身高级的条纹西装。他身旁有个小姑娘，站在吧台踏脚栏杆上以便吻他。他将鸡尾酒中的樱桃丢进嘴里。他俩接吻，然后她开始咀嚼。吧台后方的广播还在发布学校午餐的菜单。

纳什不断地转头看他们。

这个就算爱情。

我放了张十元钞票在吧台上。

他的手指还含在嘴里，他的两眼往下望着它。然后他眉毛往上挑起。

我问，昨晚我大楼有没有人死掉？

那是位于第十七街与露米斯广场的公寓大楼。露米斯广场大厦，八层楼高，有种像是肾脏色的砖墙。可能是某个住在五楼的人？靠近后面？一个年轻小伙子。今天早上，我天花板有块怪异的污渍。

那个络腮胡小伙子的手机开始作响。

而纳什拔出他的手指头，他的两片嘴唇紧缩成一团吸吮拉扯着。纳什盯着他的指甲，距离近到成了斗鸡眼。

我告诉他，死掉的小伙子是个毒虫。那栋大楼里很多人都嗑药。我问他那里是不是还有其他人死掉。昨晚是不是刚好有一整票人死在露米斯广场大厦？

那个络腮胡小伙子一把抓住小姑娘的头发，将她拉离他的嘴边。他用另一只手自外套内拿出电话，打开，说："喂？"

我说，他们被发现时全死于不明死因。

纳什的一根手指头在洋葱酱中搅拌着说："你那栋大楼？"

对，我已经说过了。

还抓着小姑娘的头发，讲着电话，那个络腮胡小伙子说："不是，宝贝儿。"他说："我现在在医生的诊所，情况看来不妙。"

小姑娘闭上眼睛。她向后弯曲颈背，在他手上磨蹭着她的头发。

而络腮胡小伙子说："不是，看起来已经扩散到其他部位。"他说:“不,我没事。”

小姑娘将眼睛张开。

小伙子对她眨了眨眼。

她微笑。

而络腮胡小伙子说:“如今这意义非凡。我也爱你。”

他挂上电话,将小姑娘的脸拽向自己。

而纳什自吧台上取走十元钞票塞到他的口袋中。他说:“没有。我什么都没听说。”

那个小姑娘,她的脚自吧台踏脚栏杆上滑了下来,她笑出声来。她又踏上去,然后说:“是她吗?”

而络腮胡小伙子说:“不是。”

而我连试都没试,事情就这么发生了。我只是看着那个络腮胡小伙子,勾魂歌便掠过我的脑海。这首歌,我在浴室中的声音,末日审判的声音,在我体内回荡着。就跟反射动作一样快。就跟打喷嚏一样快,就这么发生了。

纳什,他的鼻息全是洋葱味,他说:“你会问这个,听起来蛮好笑的。”他将搅拌的手指放进嘴里去。

接着吧台另一端的小姑娘说:“马蒂?”

而络腮胡小伙子靠在吧台上一路往下滑到地板上。

纳什转过头去瞧。

小姑娘跪倒在地板上的小伙子身旁,她张开的双手就在他上方,但没真的碰触到他,他的条纹外套往外翻开,而小姑娘叫着:“马蒂?”她搽着闪亮的紫色指甲油。小伙子的嘴上糊满了她紫色的唇膏。

也许这小伙子病得不轻。也许他吃樱桃噎着了。也许我不是真的又杀了一个人。

小姑娘抬头望着我跟纳什，她的脸庞闪着泪水，说："你们有人会做人工呼吸吗？"

纳什再度将手指头放回洋葱酱中，而我跨过尸体，越过小姑娘，抓起我的外套，快步朝门口走去。

13

回到新闻编辑办公室，国际新闻版的威尔森想知道我今天是否曾经看到亨德森。图书版的贝克说亨德森没打电话进来请病假，家里的电话也没人接。专题报道版的欧立芬说："史崔特，这个你看过吗？"

他交给我一张样张，一则广告写着：

法国沙龙的顾客请注意

上面说："您最近做完脸部护肤后是否发生严重出血与留疤的现象？"

上面是一支我没见过的电话号码，当我打过去时，一个女人接起电话："杜根、迪勒与邓律师事务所。"她说。

而我挂了电话。

欧立芬站在我的桌前说:“趁你还在这里的时候,说些邓肯的好话。”他说,他们正在准备一篇专题,向邓肯致敬,一篇友好的人物特写与一份对其专业生涯的摘要,而他们需要大家想一些好话来引述。美术部有人用邓肯职员证上的照片画了一幅肖像。“只是在微笑,”欧立芬说,“在微笑,看起来比较人模人样。”

在此之前,离开第三大道的酒吧,走向上班的路上,我数着自己的步伐。为了让我的脑袋保持忙碌,我数了二百七十六步,直到一个身穿黑色长皮衣外套的家伙在街角推了我一把,说:“清醒一下,混蛋。交通信号说‘快步通行’。”

我怒目注视那家伙的黑色皮衣背影,如同哈欠一般突然袭来,勾魂歌在我脑袋里转了一圈。

还继续过马路,这个身穿长大衣的家伙抬起脚要跨上前方人行道的路缘,却没能跨上去。他的脚趾头半途便踢到路缘,而他向前摔倒在人行道上,正好就敲中他的额头。那是一颗鸡蛋掉落在厨房地板上的声响,只不过这是一颗相当、相当大的鸡蛋,满是鲜血与脑浆。他的手臂直直地垂在身体两侧。他黑色衣角的下缘一部分垂挂在人行道的路缘,就在排水沟的上方。

我跨过他,数着二百七十七,数着二百七十八,数着二百七十九……

离报社一个街区的地方,拒马封锁了人行道。一个穿着蓝色制服的警察站在另一边摇着头说:“你得往回走穿过街道。这边的人行道无法通行。”他说:“他们在前面拍电影。”

我皱眉怒视他的警徽,如同一阵痉挛袭来一般迅速,短短八行的勾魂歌奔驰过我的脑袋。

警察的眼珠子上吊直到只剩下眼白。一只戴着手套的手才半抬到胸前,他的膝盖便弯了下去。他的下巴落到拒马的上缘,力道大得足以让你听见他的牙齿撞在一起。有个粉红色的东西飞出来。是他的舌尖。

数着三百四十五,数着三百四十六,数着三百四十七,我提起一只脚然后另一只脚跨过拒马,继续向前走。

一个手里拿着对讲机的女人跨步踏进我的去路,她一只手臂在胸前伸直,手伸出来要阻挡我。就在她手要抓住我手臂的前一刻,她的眼珠子上翻,她的嘴唇落开。一丝口水自她瘫痪的嘴角流出来,她便从我的去路上彻头倒下,她的对讲机喊道:“珍妮? 珍? 预备了。”

勾魂歌的最后几个字还在脑海中延宕。

数着三百五十九,数着三百六十,数着三百六十一,我继续步行,而人群反方向自我身旁跑过去。一个女人脖子上挂了用绳链串着的曝光表,说:“有人叫救护车吗?”

人们穿着褴褛衣衫,化着浓厚的妆,从蓝色小玻璃瓶里喝着水,他们站在里头堆满垃圾的购物车前,头上是庞大的灯具与反光板,他们伸长了脖子看我刚刚看过的东西。沿着路边停满了大型休息车与机动拖车,车辆之间弥漫着柴油发电机的气味。到处都是剩下半满咖啡的纸杯。

数着三百七十八,数着三百七十九,数着三百八十,我跨过远端另一头的拒马继续走下去。回到新闻编辑办公室一共是四百一十二步。在电梯里,一面上楼之际,里面已经挤进太多的人。到了五楼，另一个男人还试图挤进来。

就如同冒汗一般突然，我被挤压到电梯后方，我心里喷吐出的勾魂歌强烈到我的双唇随着每个字眼而开合。

那个男人看着我们所有人，然后仿佛用慢动作一样往后退步。在我们见到他撞到地板上之前，电梯门已经关闭，我们继续往上。

在办公室里，亨德森不见了。欧立芬在我拨电话时走过来。跟我提及向邓肯致意的文章。跟我要了几句好的引句。他给我看样张上的广告。有关法国沙龙、致使出血的脸部护肤。欧立芬问我婴儿床之死系列报道的下一篇写完了没有。

电话还拿在手上，我数着四百三十五，数着四百三十六，数着四百三十七……

对着他，我说千万别惹我发火。

一个女人的声音在电话里说："海伦·波尤不动产。很高兴能为您服务？"

而欧立芬说："你有没有试过数到十？"

关于欧立芬的细节是他很肥，而他的手掌在他亮给我看的样张上留下棕色的汗渍手印。他的电脑密码是"密码"。

而我说，我老早就超过十了。

而电话里的声音说着："喂？"

我用手盖住话筒，跟欧立芬说这附近一定有某种病毒在散播。或许这就是为什么亨德森没来的原因。我要回家去，不过我保证一定从家里把我的报道故事传过来。

欧立芬用嘴形无声地说*四点钟截稿*，然后轻敲手表的表面。

朝向话筒，我问，海伦·胡佛·波尤在办公室吗？我说，我的名字叫史崔特，我必须立刻跟她碰个面。

我数着四百八十九，数着四百九十，数着四百九十一……

那头的声音问："她知道是什么事吗？"

知道，我说，不过她会假装她不知道。

我说："她得阻止我以免我再开杀戒。"

而欧立芬往后退了几步才移开眼神，然后朝专题报道部走去。我数着五百四十二，数着五百四十三……

前往房地产中介办公室的路上，我请出租车司机在我公寓大楼前等一下，让我跑上楼一趟。

我家里天花板上的棕色污渍更大了。差不多跟轮胎一样大，只不过如今这块污渍有了手跟脚。

回到出租车里，我试着扣上安全带，不过它调得太紧了。它硬生生卡进我身上，我的肚子挂在它上方，而我听见海伦·胡佛·波尤说："中年人。一米七八，大概七十七公斤。白人。棕发，绿眼。"我看着一泡粉红色头发下的她，对着我眨了个眼。

我告诉出租车司机房地产中介办公室的地址，我告诉他随便他开多快都行，就是别惹我生气。

这辆出租车的细节是它里面很臭。座椅又黑又黏。这是辆出租车。

我说，我有容易动怒的毛病。

司机透过后视镜看着我说："或许你该试着去上几堂情绪管理的课。"

而我数着五百七十八，数着五百七十九，数着五百八十……

14

根据《建筑文摘》的报道，环绕广阔庄园式花园与纯种马牧场的大型宅邸非常适宜人居。根据《城市与乡村》的说法，成串的圆润珍珠有明亮的光彩。根据《旅游与休闲》的说法，停泊在晴朗地中海海岸的私人游艇让人放松心情。

在海伦·波尤不动产经纪公司的等候室中，这就算是所谓的大条新闻快讯。真正的独家消息。

茶几上全都是这些高档的杂志。这里有一张铺了粉红条纹丝绸椅套拱弧形靠背的彻斯特菲尔长椅。长椅后方的沙发高脚桌有修长的狮腿，末端的狮爪抓着一颗玻璃珠。你不能不纳闷这些家具有多少件来到这里时被扒光了五金、抽屉拉手，以及金属装饰细节。它们被当做垃圾贱卖，又来到这里，然后海伦·胡佛·波尤将它们恢复原状。

一个年轻女人，年纪只有我一半，坐在一张精雕细琢的路易十四式书桌后方，瞪视桌上的一只带闹钟的收音机。她的桌牌写着梦娜·莎芭特。收音机旁是一台警方无线电通讯器，噼里啪啦响着静电。

收音机里，一个年纪较大的妇人对着一个年纪较轻的女子大吼大叫。听起来像是年轻女子未婚怀孕，所以年长的妇人骂她是浪女是婊子。而且还是个蠢婊子，年长的妇人说，因为这个贱人张开双腿却连一毛钱都没拿到。

坐在书桌前的女子，这个叫做梦娜的人，将警方的无线电通讯器关掉说："希望你别介意，我很爱听这个节目。"

这些媒体中毒狂。这些宁静恐慌症者。

收音机里，年长妇女告诉那个浪女如果不想葬送掉婴儿的未来，就将婴儿送给人领养。她告诉那个浪女她该长大并完成她的微生物学学位，然后结婚嫁人，不过到结婚前都别再有性行为。

梦娜·莎芭特从书桌下取出一只牛皮纸袋，并拿出一个包在锡箔纸中的东西。她剥开锡箔纸包的一头，你可以闻到大蒜与金盏花的气味。

收音机里，怀孕的浪女只是不停地哭泣又哭泣。

棍棒与石头或许可以打断你的骨头，但字句可以叫你痛不欲生。

根据《城市与乡村》的文章报道，用优美笔迹书写于高级信纸上的私人通信，再次非常非常非常地流行。在一本《庄园》杂志中，有一则广告写着：

布莱朵山骑马与马球俱乐部的顾客请注意

上面写着："您是否因骑马而感染一种寄生虫引发的皮肤炎？"

这个电话号码我没见过。

收音机里的女人叫浪女别哭了。

这就是老大哥，唱着歌跳着舞，对你强迫灌食好让你的心智永远不会饿到需要思考。

梦娜·莎芭特的两肘撑在书桌上，她的午餐捧在两手间，倾身靠近收音机。电话铃响，她接起来说："海伦·波尤不动产。每次都为您找到好房子。"她说："对不起，蚵仔，莎拉医生正在播，"她说："我到仪式跟你碰头。"

收音机里的女人骂哭泣的浪女是个贱货。

《头等舱》杂志的封面上写着：貂皮大衣——理直气壮的凶杀案。

就跟打嗝一样快，我一边心不在焉地听着收音机广播，一边读着杂志，勾魂歌在我的脑海里转了一圈。

从收音机闹钟里，你只听见那个浪女不停地啜泣又啜泣。

老女人的声音不见了，只有一片寂静。甜美、珍贵的寂静。完美得不可能是任何活人的作为。

那个浪女吸了长长的一口气，然后问："莎拉医生？"她说："莎拉医生，你还在线上吗？"

一个低沉的嗓音出现，说明《莎拉·罗文斯坦医生脱口秀》临时出现技术问题。低沉的嗓音道了歉。过了一会儿，舞曲音乐开始播放。

《生于庄园》杂志的封面说：钻石也适合休闲装扮！

我把脸埋进双掌间呻吟。

这位梦娜将她午餐的锡箔纸剥开，咬了一口。她将收音机关掉说了声："倒霉。"

在她的手背上，褪色的棕色染料图样蔓延到她的手指，她的手指头与拇指戴了满满的银戒指。一堆银链子圈挂在她的脖子上，消失在她橘色的洋装里。在她的胸前，她洋装起皱的橘色布料因为衣服下各种垂挂的坠饰而崎岖不平。她的发型是又盘又卷的红色与黑色雷鬼头，用发夹夹在细银丝耳环上方。她的眼睛看起来琥珀色。她的指甲黑色。

我问她是不是在这里工作很久了。

她说："你是说，用地球时间来算吗？"然后她从书桌抽屉里拿出一本平装本小说。她打开一支亮黄色的荧光笔之后翻开书。

我问波尤女士是否曾谈过诗的事。

而梦娜说："你是指海伦？"

对，她是否曾朗读过诗？在办公室里，她是否曾打电话给别人然后读诗给他们听？

"别误会我的意思，"梦娜说，"不过波尤女士只对一切事务的金钱面感兴趣。你晓得吧？"

我必须开始数一，数二……

"情况就像这样，"她说，"每当交通状况欠佳的时候，波尤女士会要我跟她开车回家——因为如此一来她就可以开共乘车道。然后我得换三班公车才回得了家。你晓得吧？"

我数着四，数着五……

她说："有一次，我们进行有关水晶力量的倾心对谈。好像我们俩终于在某个层面上有所联结了，结果才发现我们所谈的根本是两码子截然不同的事情。"

然后我站了起来。从我后面裤袋中拿出一张纸打开，我给她看那首诗并问她是否似曾相识。

她书桌上的书用荧光笔画线的地方写着：魔法乃是自然改变所需要的能量的转换。

她琥珀色的眼睛在那首诗面前来回梭巡。就在她橘色洋装的领口，在她右边的锁骨上方，她刺有三个小巧的黑色星星刺青。她双腿交叉坐在她的旋转椅上。她的双脚赤裸而肮脏，每只大脚趾都戴了一个银趾环。

"我知道这是什么。"她说，她的手举了起来。

在她的手指头接近之前，我将纸折起来放回后面裤袋中。

她的手还在半空中，她用食指指着我说："我听说过这种东西。这是一首勾魂咒语，对不对？"

她书桌上的书用荧光笔画线的地方写着：死亡的终极成果即是召唤重生。

在光可鉴人的樱桃木书桌上有一道又长又深的凿痕。

我问，关于勾魂咒语她知道些什么？

"所有的文学作品都有提到，"她说，耸了耸肩，"但是它们应该已经失传了。"她将手伸出来，掌心向上，说："让我再看一次。"

而我说，这些东西怎么发生作用的？

而她左右摆动手指头。

而我摇了摇头表示不行。我问，为什么它能杀死其他人，但却不会杀死念诗的人?

而梦娜将她的头稍稍往旁边一偏,说:“为什么枪支不会杀死扣扳机的人?这是一样的道理。”她抬起双臂到头顶上伸展,朝着天花板扭动她的双手。她说:“它的运作方式不像烹饪手册的食谱。你无法用电子显微镜加以解剖。”

她的洋装是无袖的,而她腋下的毛发只是普通的灰褐色。

因此,我说,它怎么能对连咒语都没听见的人发生作用?我看着收音机。如果你甚至没有大声念出咒语,它怎么能发生作用?

梦娜·莎芭特叹了一口气。她将打开的书翻过来面朝下放在书桌上,将黄色的荧光笔插在耳朵后。她从书桌抽屉里拿出一本便条簿与一支笔,说:“你真的一点概念都没有,是吧?”

她在便条簿上写着字,说:“当我以前还是天主教徒的时候,那是很多年前的事了,我可以在七秒内念完万福玛利亚①,九秒内念完我们的天父②。当你跟我有一样多的忏悔与补赎得做的话,你就会变快。”她说:“当你达到那么快时,那甚至已经不再有字了,但它仍是一则祈祷文。”

她说:“咒语所做的只不过是集中一个意念。”这句话她说得很慢,一个字一个字说,并停顿了一下。她的眼睛看着我,她说:“假使练功者的意念够强烈的话,咒语的目标对象便会入睡,无论是在什么地方。”

---

① 天主教的圣母经,第一句为“万福玛利亚,满被胜宠者”(Hail Mary, full of grace)。

② 天主经的第一句为“我们的天父,愿你的名受显扬”(Our father in heaven, holy be your Name)。

她说，一个人酝酿的情绪越高涨，咒语的力量就越强大。梦娜·莎芭特眯起眼斜看着我说："你上次跟人上床是什么时候？"

差不多二十年前，不过我不会告诉她。

"我的猜测是，"她说，"你是装了某个东西的压力锅。愤怒。悲伤。某个东西。"她停止书写，翻阅她满是荧光笔记号的书。她停在某一页，读了一会儿然后翻到另一页。"一个身心平衡的人，"她说，"一个运作良好的人，必须将这首诗歌大声朗读出来使另一个人入睡。"

她继续阅读，皱起眉头说："除非你面对你真正的个人问题，否则你将无法控制你自己。"

我问这些是不是都是书上说的。

"大多是莎拉医生说的。"她说。

而我说勾魂歌不光让人入睡而已。

"你的意思是怎样？"她说。

我的意思是他们会死掉。我说，你确定你从没见过海伦·波尤拿过一本叫做《世界诗歌童谣大全》的书？

梦娜·莎芭特打开的手落到书桌上，拿起她包在锡箔纸内的午餐。她咬了一口，盯着收音机看。她说："刚才，收音机里，"梦娜说："刚才那是你做的吗？"

我点头。

"你刚刚迫使莎拉医生去投胎了？"她说。

我问她能不能打个电话到海伦·胡佛·波尤的手机，也许我能跟她谈谈。

我的寻呼机响起来。

而这位梦娜说:“所以你是说海伦也用同一首勾魂歌?”

寻呼机上的讯息写着要我打电话给纳什。寻呼机上写着这很重要。

而我说,我什么都无法证明,但是波尤女士知道是怎么回事。我说,我需要她的帮助我才能加以控制。我才能控制我自己。

而梦娜·莎芭特停止在便条簿上书写,并撕下那一页。她将那张纸拿到我们之间说:“如果你真的有心要学会如何控制这股力量,你需要来参加巫术练习者的仪式。”她对着我晃了晃纸片说:“我们一间房间内有超过一千年的经验。”然后她打开警察无线电通讯器。

我收下纸片。上面有地址、日期及时间。

警察无线电通讯器说着:“万岁九号小队,请前往露米斯广场大厦,门牌号码五D,处理代号九一四。”

她说:“这种知识之深不可测要花一辈子的时间来学习。”她拾起午餐,剥去锡箔纸。“噢,”她说,“还有带你最喜欢吃的素食餐点来。”

而警察无线电通讯器说:“收到请回答。”

15

海伦·胡佛·波尤从挂在胳膊弯上白绿相间的皮包里拿出她的手机。她取出一张名片，眼光从名片看向电话按下号码，小小的按键在昏暗的灯光下发出绿色的亮光。明艳的绿光映照着她指甲上的粉红色。那张名片镶金色的边。

她将电话紧紧贴在她粉红色的头发旁。她对着电话说："对，我在你这间可爱的店里面，我恐怕需要你的协助才能找到路出去。"

她往一张说明卡上靠，卡片贴在有她两倍高的柜子上。她对着电话说："我面向……"然后她念出："一个亚当式新古典主义的柜子，镶有以火镀金法加工的阿拉伯风格青铜螺纹装饰。"

她望着我翻了个白眼。对着电话，她说："上面标示一万七千美元。"

她的脚伸出绿色的高跟鞋外，她穿着白色薄纱丝袜的双脚平踏在水泥地板上。不是会让你想到内衣裤的那种白。而比较像是底下肌肤的那种白。丝袜让她的脚趾头看起来像结了网。

她穿的套装，裙子合身地贴在她的臀部上。套装是绿色的，但不是青柠的那种绿，而比较像是青柠派的那种绿。不是鳄梨的那种绿，而是鳄梨饼干覆上一层薄如纸的柠檬片的那种绿，冰镇后盛在一只黄色的赛夫赫(Sevres)①瓷器汤盘中。

这是撞球桌上绿绒布在黄色一号球下看起来的那种绿，不是在红色三号球下的那种。

我问海伦·胡佛·波尤代号九一四是什么。

而她说："一具死尸。"

而我说，我想也是。

对着电话，她说："好，现在在刻着忍冬叶纹并装有粉丝绢的紫檀木赫伯怀特梳妆台这里该左转还是右转？"

她用手盖住话筒然后靠近我说："你不知道梦娜的为人，"她说："我怀疑她那小巫师派对除了一伙嬉皮裸体围着一块扁石头跳舞之外还有什么。"

在这么近的距离，她的头发不再是纯的粉红色。每一卷头发的外缘是较浅的粉红，你越往内部深处看，还有腮红、桃红、玫瑰红，到近乎正红色。

她对着电话说："然后如果我经过那张镶有象牙锁眼盖的缎木克伦威尔时期贵妃椅的话，就是走过头了。了解。"

---

① 出产于法国 Sevres 的名贵瓷器。

对着我，她说："老天爷，我真希望你没跟梦娜说过这件事。梦娜会告诉她男朋友，从现在起这件事情没完没了。"

这座家具的迷宫包围着我们，一切都是棕色、红色、黑色。三不五时闪现镀金层与镜面。

她用一只手拨弄着另一只手上的单钻戒指。这颗钻石既厚实又锐利。她将戒指转过来让钻石贴在手掌上，然后她用张开的手掌压挤在柜子的面板上，凿出一个指向左边的箭头形状。

刻记打出一条生路穿越历史。

对着电话，她说："非常谢谢你。"她合上手机盖挂断电话，然后啪的一声丢到皮包里。

她脖子周围的珠串是某种绿色的石头，交杂着黄金打造的珠子。下方是成串的珍珠。这些珠宝我一个都没见过。

她把脚穿回鞋子里说："从现在起，我看我的工作是把你跟梦娜隔开。"

她拨了拨耳后的粉红色头发说，"跟我来。"

用她张开摊平的手掌，她在一张桌子的台面上凿出一个箭头。那是一张谢里敦手工描绘的橡木折叠牌桌，镶嵌有细铜丝线栏边，说明卡上是这么写的。

如今已是一只残废。

领着路，海伦·胡佛·波尤说："我真希望你别再管这件事。"她说："这真的不关你的事。"

因为我只是个记者，这是她说的意思。因为我是一个追着一条不能公之于世的新闻的记者。充其量我只是个偷窥癖。等而下之，一只秃鹫。

她在一座有镜面门板的巨大衣柜前停下脚步，从她身后我可以看见我自己的身影倒映在她肩膀上方。她啪一声打开皮包，拿出一只小金管。"我的意思正是如此。"她说。

说明卡上写着这是产自法国的埃及复兴式衣柜，细部有混凝纸浆棕榈叶纹嵌板并且饰以多色的几何交叉图纹。

在镜子中，她扭转金色管状物直到一条粉红色的唇膏冒出来。

而在她身后，我说，如果我不只是为了工作才这样呢？

也许我不仅仅是某个想从这耐人寻味的处境中占点便宜的呆板掠夺者。

不知为了什么原因，纳什在我脑海中浮现。

我说，也许我一开始便注意到这本书的原因，是因为我从前也有一本。也许我从前也有妻子女儿。要是说我有天晚上怀着让家人安睡的意图，念了那首该死的诗给我自己的家人听呢？假设说，这当然是假设，要是我杀了他们呢？我说。难道这就是她要看的那种凭证？

她上下撑开她的双唇，用唇膏碰触着已经涂在上面的粉红色口红。

我跛行近身一步，我问，这样一来我在她的标准看来是不是够悲惨了？

她的双肩直挺挺地横在眼前，她将双唇抿在一起。双唇慢慢分开，最后一次黏贴在一块儿。

皇天在上，谁敢比海伦·胡佛·波尤受更多的苦。

而我说，也许我跟她失去的东西一样多。

而她将唇膏转回去。她将唇膏扔进皮包里，然后转身面对我。

站在那里，金光闪闪且一动也不动，她说："假设？"

而我将脸拉成一张微笑说，当然了。

用她张开的手抵着柜子，她凿下一个指向右边的箭头，接着她开步走，但是很缓慢，拖着她的手沿路划过满墙的橱柜与梳妆台，一切上蜡磨亮的东西，摧毁一切她触手所及之处。

领着我前进，她说："你有没有想过那首诗发源于何处？"

非洲，我说，紧跟在她身后。

"但是这本书的来源，"她说，继续步行，越过枪支展示柜与厨具柜与环撑椅，她说："巫师们把他们收集咒语的书称为影子之书。"

《世界诗歌童谣大全》出版于二十年前，我告诉她。我打电话探听了一番。这本书的初印量有五百本。它的出版商，儿童之家出版社，之后已经倒闭了，而其印版与再版版权归属某个买下原作者遗产的人。作者大约三年前无明显死因过世。这是否让这本书成为公共财产，我不知道。我找不出如今谁拥有版权。

而海伦·胡佛·波尤停止拖曳，手中的钻石正划过一面宽大斜角镜的表面，她说："版权归我所有。我知道你接下来要说什么。我在三年前买下版权。书商设法帮我找到这五百本原版书中的三百本，我把每一本都烧了。"

她说："但重要的不是这个。"

我同意。重要的是找出剩下的那几本书，防范大难临头。做好灾害控制。重要的是想个办法让我们自己也忘掉它。或许梦娜·莎芭特和她的团体可以教导我们怎么做。

"拜托！"海伦说，"你不会还是打算去她的巫师派对吧？"她说：

“关于这本书的原作者你查到些什么消息?”

他叫做贝希·法兰基,他这个人没出版任何有原创性的东西。他找出那些绝版、属于公共财产的故事,然后加以结合组成选集。古老的中世纪十四行诗,不入流的打油诗、童谣。有的是从他找到的旧书中偷来的,有的是他从网络上抄下来的。他不怎么挑。任何他能免费到手的东西,他就将它们拼凑成一本书。

“但这首诗的来源是?”她问。

我不知道。大概是来自某一本还塞在某个房子地下室箱子里的旧书。

“不会是法兰基的房子。”海伦·胡佛·波尤说,“我买下他所有的产业。厨房的垃圾还丢在水槽底下,他的内裤还折好放在他五斗柜的抽屉里,所有的一切。不在那里。”

而我得问,法兰基也是她杀死的吗?

“假设上来说,”她说,“假使我刚害死我丈夫,之前又害死我儿子,对这个爱剽窃、懒惰、不负责任、贪得无厌的蠢货埋下一枚炸弹摧毁我所爱的一切,我难道不会有一点生气吗?”

就如同她假设上来说杀害了斯图尔特夫妇一样。

她说:“我要说的重点是,那本原版的影子之书还存在某个地方。”

我同意。而我们需要把它找出来并且摧毁。

而海伦·胡佛·波尤咧开她粉红色的微笑。她说:“你一定是在开玩笑。”她说:“光有掌控生死大权的力量是不够的。你一定在想那本书里有哪些其他的诗。”

如同打嗝一样快的当头棒喝,我身体的重量落到我完好的那只脚上，只是眼睁睁瞪着她，我说不是。

她说："也许你可以长生不老。"

而我说不。

而她说："也许你可以让任何人爱上你。"

不。

而她说："也许你可以让稻草变黄金。"

而我说不，两脚站好。

"也许你可以带来世界和平。"她说。

而我说不并开始走向橱柜与书架组成的城墙之间。在收藏品展示柜与床头板的组成的路障之间，我走向另一片家具的大峡谷。

在我身后，她叫说："也许你能将沙子变成面包。"

我继续跛着脚往前走。

在一座覆有断裂式开口三角楣的爱尔兰松木玻璃陈列柜前，我向右转。在一座上了黑色日本瓷漆的齐本德尔式办公桌前，我往左转。

在所有的东西后面，她的声音说："也许你可以医治生病的人。也许你可以治疗残废的人。"

在一座装饰有卵箭形线脚的比利时餐具柜前，我向右转，然后在缀有波希米亚风艺术玻璃装饰画的爱德华式标本立柜前左转。

而那个声音追着我说："也许你可以净化整个环境把世界变成乐园。"

一张滚着波浪边缘的休闲桌上凿有一个箭头指向一边，所以我往另一边走。

而那个声音说，也许你可以生产取之不尽的无污染能源。

也许你可以穿越时空旅行去阻止悲剧。去明白一些事。去见一些人。

也许你可以给予一些人富足快乐的人生。

也许跛着脚在一个吵吵闹闹的公寓里过下半辈子并不足够。

在一扇折叠式锻铁屏风前,一只箭头指向一边,所以我转向另一边。

我的寻呼机又开始响,是纳什。

而那个声音说,假使你可以杀死某个人,也许你可以让他们复活。

这也许是我的第二次机会。

那个声音说,也许你不会因为所做的事情下地狱。也许你是因为你没做的事情而下地狱。那些你没有完成的事情。

我的寻呼机又响了,上面说有重要消息。

而我继续跛着脚向前行。

16

纳什没有站在吧台前。他一个人坐在后面的小桌子前，置身在黑暗中，除了桌上的一盏小蜡烛，而我跟他说，嘿，我的寻呼机接到他一万次夺命连环拷。我问，什么事这么重要？

桌上有一份报纸，折好了，露出大标题写着：

七人死于神秘瘟疫

小标题写着：

咸信广受敬重的本地编辑暨公众领袖是第一名受害者

他们指的是谁，我得读下去才知道。是邓肯，我现在才知道他的名字是莱斯利。鬼才晓得广受敬重这部分是怎么来的。还有领袖这部分。

由此可看出记者与新闻两者之间毫无交集。

纳什用手指头点了点报纸说:“这个你看了?”

而我告诉他我整个下午都不在办公室。还有真该死,我忘了交出下一篇婴儿床之死的报道。读着头版,我发现我自己被引述。邓肯不仅仅是我的编辑,我说着,不仅仅是我的导师而已。莱斯利·邓肯就像我父亲一样。该死的欧立芬还有他那令人冷汗直流的文笔。

如同一阵冷颤一样快地向我袭来,让我整个背脊发凉,勾魂歌旋过我的脑海,而死尸的数目又往上增加。在某个地方,欧立芬必然正滑落到地板上或者从他的椅子上翻倒下来。我的压力锅问题,又开始发动攻击。

死亡的人越多,情况就越是原地踏步。

纳什面前放着一个空纸盘,里面只剩下一些沾了马铃薯沙拉黄色污渍的蜡纸,而纳什的手中绞扭着一张餐巾纸,将它扭成一条又粗又长的纸绳,然后他越过面前的蜡烛看着我,他说:“今天下午我们帮你公寓大楼里的那个家伙收尸。”他说:“除了那家伙的猫和蟑螂之外,没什么好解剖的。”

今天早上在我们面前倒下的那个家伙,那个留络腮胡讲手机的家伙,纳什说验尸官给难住了。再加上这个案例之后,从这里到报社大楼之间又挂了三个人。

“然后他们发现在报社大楼还有一个,”他说,“在等电梯时送命。”

他说验尸官认为这些人可能全都是死于同一种原因。纳什说,他们说是瘟疫。

“但警方其实认为是药物，”他说，“大概是索雪尼（succinylcholine），要不是自己动手，就是有人帮他们打了一针。这是一种神经肌肉阻断剂。它能让你放松到停止呼吸然后死于缺氧症（anoxia）的地步。”

那个女人，那个在电影片场路障后面伸出手跑过来阻挡我，那个拿着对讲机的女人，有关她的细节是黑色的长发，紧身的T恤盖着圆滚滚的乳房。她紧身牛仔裤里包覆着相当不赖的小屁股。有可能是她跟纳什搭车逛大街回医院去。

又一次成功征服。

不管纳什这么热衷要告诉我的是什么，我都不想知道。

他说：“但我想警方错了。”

纳什将绞成长条的餐巾纸挥过烛火，火苗跃动了一下，吐出一缕黑烟。火苗又恢复正常，而纳什说：“万一你想用解决其他人的方法解决我的话，”他说：“你要知道我写了一封信解释所有的一切，我把信交给一个朋友，说明我到目前为止知道的事情。”

而我微笑问他是什么意思。他知道什么事情？

而纳什将卷起的纸条拿在靠近烛火上方处说：“我知道你认为你的邻居死了。我知道我看见一个男人在这家酒吧挂了，因为你看着他，还有另外四个人在你回去上班的路上经过他们时没命。”

纸条的尖端渐渐变成棕色，而纳什说：“想当然尔，这不算什么，但是比警方目前掌握的消息来得多。”

纸尖喷出火苗，只有一丁点火，而纳什说：“也许不足的资料能由你来提供给警方。”

火苗逐渐变大。这里有够多的人，很快就会有人注意到我们。

纳什坐在这里，在酒吧里放火，有人会打电话通知警方。

而我说他昏头了。

小火炬正逐渐变大。

酒保往我们看过来，看着纳什的小导火线越变越短。

纳什只是望着他手里的火逐渐失控。

火焰的热气袭上我的双唇，火苗冒出的烟飘进我的双眼。

而酒保大叫："嘿！别闹事！"

而纳什将着火的纸巾移往桌上的蜡纸与纸盘。

而我抓住他的手腕，他的制服袖口沾着黄色的芥末酱，他下面的皮肤又松又垮，我跟他说，好了。我说，住手，行吗？

我说他必须保证他绝不会说出去。

而火苗还在我俩之间燃烧，纳什说："当然了。"他说："我保证。"

17

海伦手里拿着一只酒杯走来，只有杯底有一抹红，杯子几乎空了。

梦娜说："你哪里拿来的？"

"我的酒吗？"海伦问。她穿着一件厚重的外套，质料是某种皮草，用了各种深浅不同的褐色，尖端还有一抹白。前面是敞开的，里面穿了件粉蓝色的套装。她啜饮最后一口酒，然后说："我从吧台上拿来的。就在那里，在那一盆柳橙和那个小铜像旁边。"

而梦娜将她的双手插进她红黑相间的雷鬼头里压挤她的脑袋。她说："那是祭坛。"她指着空空如也的杯子说："你刚刚把我献给女神的祭品给喝了。"

海伦将空杯塞到梦娜的手中说："那么，再给女神倒一杯祭品如何？但是这次记得把分量加倍。"

我们在梦娜的公寓里，里面所有的家具都推到玻璃拉门后的小阳台上，盖上一片蓝色的塑胶布。剩下来的只有空荡荡的客厅，还有一旁延伸出去本来当做饭厅的一个小空间。墙壁和粗毛地毯是象牙白色。那一盆柳橙和那个跳着舞应该是印度神祇的小铜像，放在壁炉的炉架上，旁边撒着黄色的雏菊与粉红色的康乃馨。灯的开关上贴着护条所以无法使用。为了取代灯光，梦娜在地板上放了些平板的石块，上面放了些蜡烛，紫色和白色的蜡烛，有些点着，有些没有。在壁炉里，燃烧着的不是火焰，而是更多的蜡烛。阵阵白烟自棕色的圆锥塔香上袅袅升起，跟平板石块的蜡烛摆在一起。

只有当梦娜打开冰箱或微波炉时才有真正的灯光。

透过墙壁传来马匹的嘶吼与大炮的射击声。如果不是某个勇敢、顽强的南方佳人正试着不让北方联邦军队放火烧毁隔壁公寓的话，就是有人把电视开得太大声。

从天花板传下一阵我们必须听而不闻的火警警报和众人的惊声尖叫。然后是枪声与轮胎刺耳的磨地声，这些声音我们必须假装没问题。它们不具任何意义。那只是电视。一阵爆炸的震动自楼上传来。有一个女人哀求某个人别强奸她。那不是真的。那只是电影。我们置身在哭喊狼来了的文化中。

这些戏剧狂。这些安详恐慌症者。

用她黑色的指甲，梦娜接下空杯，杯缘沾染着海伦粉红色的唇膏，她光着脚走开，穿着一件白色针织浴袍走进厨房。

门铃响起。

梦娜返身穿过客厅。在壁炉架上放了另一杯红酒，她说："别在我的巫师聚会让我难堪。”然后她打开门。

门口是一个戴着厚重黑色胶框眼镜的矮小女人。这个戴着隔热手套的女人将一个盖上盖子的砂锅端在前面。

我带来一盒自助餐店外带的豆子沙拉。海伦带了主厨之家买来的意大利面。

戴眼镜的女人在门口的踏垫上踩着她的木屐。她看了海伦跟我，然后说：“桑树，你有客人啊。”

而梦娜用掌根敲了一下太阳穴，说：“她指的是我。我是说，桑树是我的巫师名。”她说：“麻雀，这位是史崔特先生。”

而麻雀点点头。

然后梦娜说.“这位是我的老板——”

“栗鼠。”海伦接着说。

微波炉开始哔哔作响，梦娜领着麻雀走进厨房。海伦走到壁炉架前喝了一口红酒。

门铃响起。梦娜从厨房里叫我们帮她开门。

这一次，是一个有金色长发与红色山羊胡的小伙子，穿着灰色的运动裤和运动衫。他拿着一个有棕色玻璃盖的陶瓷炖锅。某种黏呼呼的棕色液体在锅盖缘滚煮过，而玻璃锅盖下满是冷凝的水汽。他踏进门里将陶瓷炖锅交给我。他踢掉网球鞋，然后将运动衫脱下，他的头发飞散开来。他将运动衫放在我手中的陶瓷炖锅上，然后抬起脚将一只脚接着一只脚拔出运动裤外。他将运动裤放在我的手臂上，然后站在那里，双手搭在臀部上，屌跟蛋赤条精光。

海伦将她胸前的外套拉紧，仰头喝下剩下的酒。

陶瓷炖锅又重又烫，散发着红糖的味道，以及要不是豆腐就是灰色脏运动裤的气味。

而梦娜说："蚵仔！"她站在我们身边。她从我手中接下衣服与陶瓷炖锅，说："蚵仔，这是史崔特先生。"她说："各位，这是我男朋友，蚵仔。"

这小伙子将眼睛上的头发甩开看着我。他说："桑树认为你有一首勾魂诗。"他的屌末端逐渐缩成如一条盖着皱巴巴包皮的粉红色滴水状钟乳石。尖端穿着一只银环。

海伦看了我一眼，微笑着但咬牙切齿。

这个小伙子，蚵仔，抓了梦娜浴袍的织布翻领说："哎哟，你身上的衣服还真多。"他靠过身去，越过陶瓷炖锅亲吻她。

"我们实行仪式裸身。"梦娜说，眼睛看着地板。她红着脸，拿着陶瓷炖锅比划着说："蚵仔，这位是波尤女士，我替她做事。"

关于蚵仔的细节是他的头发，那个披头散发的样子，就像一棵松树被闪电劈到一样，金色的碎片朝四面八方竖立起来。他有一副那种年轻的躯体。手臂和双腿看起来好像分割开来，长着硕大的肌肉，然后在关节处缩窄，膝盖和手肘和腰身。

海伦伸出手，蚵仔接过她的手，说："绿橄榄石戒指……"

赤裸而青春地站在那里，他将海伦的手一路举到眼前。全身晒黑又结实健壮，他从她的戒指，看向她的手臂，看向她的眼睛，说："这样热情洋溢的宝石会压倒大多数的人。"然后他亲吻这只戒指。

"我们实行仪式裸身，"梦娜说，"但是你们不需要。我是说你们真的不需要。"她朝着厨房点了点头说："蚵仔，来帮我一下。"

一边走着，蚵仔看着我说：“衣着是欺诈最纯粹的外形。”他微笑，只咧着半张嘴，眨了个眼说：“领带不错，老爹。”

而我数着一，数着二，数着三……

梦娜进了厨房之后，海伦转身向我并且说：“我真不敢相信你又告诉另一个人。”

她是指纳什。

又不是我有得选择。何况，那首诗的抄本没有任何方法可以取得。我告诉他我烧毁我的，而且也烧掉任何我能找到的印刷本。他不认识海伦·胡佛·波尤或是梦娜·莎芭特。他绝不可能有办法利用这点资讯。

好吧，就算公共图书馆中还有几本。我们可以把它们找出来，然后销毁第二十七页，一边搜寻原版的原始资料。

“影子之书。”海伦说。

或是像巫师们说的，魔法书。咒语之书。全世界所有的力量。

门铃响起，下一个男人脱掉他的宽短裤并剥去他的T恤，跟我们说他的名字是刺猬。关于刺猬的细节包括他手臂、胸膛、屁股上垂挂震颤的皮囊。他鬈曲的黑色阴毛与他跟我握手后黏在我手掌上的毛发相符。

海伦的手缩到外套袖子的袖口里，然后她走到壁炉架前，从祭坛上拿了一颗柳橙开始剥皮。

一个叫做袋狸的男人抵达，肩膀上有只真的鹦鹉。一个叫做铁线莲的女人抵达。一个半边莲抵达。一个蓝知更鸟按了门铃。然后是一个袋貂。然后某个叫做扁豆的人抵达，还是某个带了扁豆的人，搞不清楚哪个是哪个。海伦又喝了一杯祭品。梦娜跟蚵仔从厨房里走出来,不过没穿浴袍。

留下来的是前门地板上的一堆脏衣服,海伦与我是唯二还穿着衣服的人。那堆衣服深处有个手机在响,麻雀挖出手机。只戴着她的黑框眼镜,她俯身时乳房低垂在那堆衣服上,麻雀接起来说:“杜曼、丁格斯与狄斯律师事务所……”她说:“请描述一下你的疹子。”

花了一点时间才靠梦娜的头和脖子上成堆的链子认出她。你不想被逮到眼睛盯着其他地方,但是她的阴毛已经剃掉。从正面看起来,她的大腿成了两个完美的圆括弧,剃过毛的 V 字形在中间。从旁边看起来,她的乳房仿佛向前伸展,试图用她粉红色的乳头去碰触其他人。从后面看起来,她背部缩小的地方分裂成两片结实的臀部,而我数着四,数着五,数着六……

蚵仔拿着一个白色的自助餐外带纸餐盒。

一个叫做忍冬的女人,只裹着印花棉布头巾,谈论着她的前生。

而海伦说:“你难道不觉得轮回不过是另一种形式的拖延吗?”

我问,我们什么时候吃饭?

而梦娜说:“哎哟,你听起来跟我爸一样。”

我问海伦她怎么有办法不杀光这里所有的人。

而她从壁炉架上拿下另一杯红酒,说:“任何在这个房间里的人,都将得到安乐死。”她喝了一半,然后把剩下的给我。

薰香闻起来像茉莉花的味道,而房内每一件东西闻起来都像薰香的味道。

蚵仔走进房间中央,拿着自助餐纸盒举高到头上说:“好了,这堕胎产物是谁带来的?”

那是我的豆子沙拉。

而梦娜说:“拜托,蚵仔,别这样。”

用两根手指头捏住自助餐盒的小铁丝把手,蚵仔说:“‘无肉’食物表示没有肉的食物。现在从实招来,这是谁带来的?”他高举的手臂下的毛发是亮橘色。还有其他的体毛也是,下面的。

我说,那只是豆子沙拉。

“还加了?”蚵仔问,摇了摇纸盒。

没别的。

房间里安静得可以听见隔壁的《盖茨堡战役》(*Battle of Gettysburg*)。你可以听见楼上公寓传来某个人沮丧地弹着民谣吉他。一个演员尖叫还有一只狮子威吼还有炸弹从天上呼啸而下。

“还有调味料里的乌斯特郡酱汁。”蚵仔说,“那就意味着有鳀鱼。那就意味着有肉。那就意味着残酷与死亡。”他一手拿着纸盒,用另一手指着它说:“这个要倒进马桶里,那里才是这玩意的归属。”

而我数着七,数着八……

麻雀从她手中提着的篮子里拿出圆形小石头给每一个人。她也给了我一个。灰色的石头凉凉的,她说:“把这个拿好,调整你的频率配合石头能量的波动。这会让我们每个人都进入仪式所需要的相同波动。”

你听见马桶冲水的声音。

袋狸肩膀上的鹦鹉不断左右扭动它的鸟头,用鸟喙拔出绿色的羽毛。然后它将鸟头后仰,以痉挛、抽搐的咬法狼吞虎咽吃下每根羽毛。羽毛被拔起不见的地方，鸟皮看起来凹陷而赤裸。袋狸这个男人在肩膀上放了一条折叠的毛巾让鹦鹉可以抓住，毛巾后面沾了黄色的鸟屎污渍。这只鸟又拔出另一根羽毛吃了它。

麻雀拿了一颗石头给海伦，而海伦将它扔进粉蓝色的手提袋中。

我从她手中接过酒杯啜了一口。今天的报纸新闻说那个电梯前的男人，那个我咒他死的男人，有三个小孩，全部不到六岁。那个被我害死的条子得抚养他年迈的双亲，好让他们不会被送进养老院。他跟他太太还收养了孩子。他还担任教练指导棒球小联盟和足球队。那个拿着对讲机的女人已经怀孕两个星期。

我喝下更多红酒。这红酒尝起来像粉红色唇膏。

今天的报纸上有一则广告写着：

多塞特高级瓷器的拥有者请注意

广告上写着："要是您在饭后感到作呕或有腹泻的情况，请拨打下面的电话号码。"

蚵仔对着我说："桑树认为你杀了莎拉医生，但是我认为你什么都不知道。"

梦娜上前到壁炉架摆放另一项祭品，而海伦将酒杯从她手中拿走。

蚵仔对我说："你唯一掌握的生杀大权就是每次你在麦当劳点汉堡的时候。"

他的脸挤到我面前说："你只消付出你的肮脏钱，某个地方就会有一头牛倒下。”

而我数着九，数着十……

麻雀给我看她手上打开的一本厚厚的手册。里面是魔杖与铁锅的图片。还有摇铃与石英水晶的图片，各式各样不同的颜色与大小。还有镶着黑色握柄的刀，叫做仪式匕首(athame)①。麻雀说这是为了跟厄运(whammy)押韵。她给我看药草的照片，将药草扎成束状好让你可以用它来洒圣水。她给我看护身符，加以抛光打磨以便反射负面能量。一把白色握柄的刀叫做波林(bolline)②。

她的乳房落在翻开的目录指南上，覆盖了半张页面。

蚵仔站在我身旁，脖子上的肌肉跳动着，双手握成拳头，蚵仔说：“你知道为什么大多数纳粹大屠杀的生还者都吃素？那是因为他们知道被当成牲畜对待是什么滋味。”

他的体热发散出来，他说：“在鸡蛋生产业中，你知道所有的公鸡都被活活磨碎当做肥料吗？”

麻雀翻着她的目录指南，然后指着某个东西说：“你如果打听一下，就会发现我们在中价位的仪式用具上提供最好的价钱。”

献给女神的下一杯祭品被我喝了。

再下一杯，海伦灌了下去。

蚵仔在房里绕圈子。他返身说：“你知道大多数的猪都还没能在几秒内流血至死就被扔进滚烫的一百四十度开水中？”

---

① 有黑色刀柄的双锋刀，双锋刀代表正邪并存的力量。黑色刀柄则与巫术咸信黑色能吸收魔力有关。象征火，引导仪式与魔咒的力量。

② 白色刀柄的单锋刀。相对于athame的仪式性用途，bolline用来处理俗世事务，如割取药草、作记号等。

那之后的祭品，我拿了。这酒喝起来像茉莉花薰香的味道。这酒喝起来像动物的血。

海伦拿着空酒杯进了厨房，当她打开冰箱拿出一壶红酒的时候，一道真正的灯光闪过。

而蚵仔把他的下巴从背后搭在我的肩膀上说："大多数的牛都不会马上死。"他说："他们用圈套套住牛的脖子，然后将尖叫的牛拖过屠宰场，在它还活着的时候就把它的前后脚剁掉。"

他身后是一个叫做海星的女孩，她翻开手机接起电话说："杜利、杜那和唐律师事务所。"她说："告诉我，你的霉菌是什么颜色？"

袋狸从浴室走出来，弯着腰让他的鹦鹉通过门框，屁股缝上夹着一条纸。全身精光，他的皮肤看起来凹陷且赤裸。被拔了毛。当他坐在马桶上的时候，那只鸟是否坐在他的肩上，我不想知道。

梦娜穿过房间。

桑树。

她跟忍冬开怀笑着。她把红黑相间的雷鬼头盘到头上别住，只剩下她的小脸从底部露出来。她手指上戴着镶有硕大红玻璃宝石的戒指。环绕着她的颈子，一大片银链往下串接着一堆胸前的护身符与坠饰与幸运符。搭衣服的流行饰品。一个学大人精心打扮的小女生。光着脚丫子。

她是我女儿该有的年纪，如果我还有个女儿的话。

海伦踉踉跄跄走回房里。她用两根手指头捏住舌头，然后在屋内走来走去，用两根湿润的手指头捏熄塔香。她背靠着壁炉的炉架，将酒杯举到她粉红色的嘴边。越过酒杯，她注视屋内的举动。她注视蚵仔绕着我打转。

他是她儿子，帕特里克，该有的年纪。

海伦是我妻子该有的年纪，如果我还有个妻子的话。

一切只是假设上来说，当然了。

这大有可能是我的人生，如果我有人生的话。我的妻子又冷淡又酗酒。我的女儿探索某种疯狂的异端教派。让我们两个，做父母亲的，都很难堪。她的男朋友会是这个嬉皮混球，想跟她老爸我单挑。

也许你能够让时光倒流。

也许你能让死者复活。所有的死者，过去的和现在的。

也许这是我的第二次机会。这正是我的人生可能变成的样子。穿着她栗鼠皮草外套的海伦注视着鹦鹉吞食自己。她注视着蚵仔。

而梦娜喊着："各位，各位。"她说："该是开始祈祷的时候了。如果我们营造出一个圣地，我们就可以开始。"

隔壁，南北战争的退伍军人随着悲伤的配乐跛着脚返回故乡与重建工作。

蚵仔绕着我打转，如今我拳头里的石块已经变暖。而我数着十一，数着十二……

梦娜·莎芭特一定得跟我们一块走。某个手上还没沾染过鲜血的人。梦娜、海伦、我，还有蚵仔，我们四个人要一起上路。不过是另一个功能不健全的家庭。一次合家假期。一场寻找不圣之杯(unholy grail)①的远征。

---

① 作者原文是"The quest for an unholy grail"，乃是谐仿中世纪亚瑟王的传奇故事 the quest for the Holy Grail(寻找圣杯)。

我们沿途将屠宰一百只纸老虎。要劫掠一百家图书馆。要解除书本的武装。要拯救整个世界免于勾魂命运。

半边莲对石榴糖浆说:“你读了报纸上那些死人的报道吗?他们说好像是退伍军人症,不过如果你问我的话,我觉得是黑魔法。”

梦娜张开的两只手臂,腋下的棕色毛发露出来,将大家赶到房间中央。

麻雀指着目录指南上的某个东西说:“这是你着手开始的最低要求。”

蚵仔将眼睛前的头发甩开,对着我伸出下巴。他绕过身来用食指戳进我的胸前,用力戳进那里,按住我蓝色领带的中间,他说:“听好了,老爹。”他戳着我说:“你所知道的唯一一首勾魂歌就是‘我的要七分熟’。”

然后我停止数数。

就跟肌肉抽搐一下一样快,使劲将蚵仔往后推,我用力掴了这小伙子将他撞开,我的手大声打在这小伙子赤裸的皮肤上,每个人都安静下来看着,而勾魂歌回荡过我脑海。

我又开了杀戒。梦娜的男朋友。海伦的儿子。蚵仔站在那里呆了一会,注视着我,头发垂在眼睛前。

然后鹦鹉从袋狸的肩上掉下来。

蚵仔将双手举起,十指张开,说:“冷静一下,老爹。”然后跟麻雀还有其他人一起去看那只鹦鹉,死翘翘躺在袋狸的脚边。死翘翘且半裸着拔光毛的鸟体。袋狸用他的拖鞋捅了一下这只鸟说:“拔毛鸟?”

我望着海伦。

我的妻子。以这种令人毛骨悚然的新方式。至死不渝。

而也许,你可以杀死某个人,也许你可以让他们复活。

而海伦已望着我,手里拿着沾着粉红色的玻璃杯。她对我摇摇头说:“不是我做的。”她举起三根手指头,拇指跟小指头在前面靠在一起,说:“我以女巫的信誉发誓。”

18

此时此地，我正写下这些字句，我在俄勒冈州的毕格斯枢纽站附近。把车子沿着八十四号州际公路停放，探长和我在我们车旁的路肩上摆了一件旧皮草外套。这件皮草外套，洒了番茄酱，围绕着苍蝇，是我们的诱饵。

这个星期，小报上又有另一项奇迹。

有些人称之为“路杀耶稣”(Roadkill Jesus Christ)①。小报称他做“八十四号州际公路救世主”。某个家伙在公路旁停下，只要那里有只死掉的动物，他会把手放在上面，然后阿门。破破烂烂的猫或是压扁的狗，甚至是被拖车给压成两半的鹿，都会倒抽一口气然后嗅着空气。它们以折断的腿站着，眨着被鸟啄过的眼珠子。

① roadkill 指的是动物在公路上被往来的车辆辗撞致死。

人们有录像带为证。他们在网络上贴了照片。

这些猫或豪猪或土狼会站在那里一会，路杀耶稣将它的头抱在怀里，对它一番耳语。

两分钟后，在这些动物经历过毛皮与骨头被撕碎当做喜鹊与乌鸦的大餐之后，这些鹿或狗或浣熊会完好如初地跑开，彻底复原、完美无缺。

探长和我，离我们一段路的公路上，一个老头把他的小货卡驶到路边停下。他下了车，从卡车货台上搬下一条格子毛毯。他蹲下身把毛毯放在路边，车流从他身后热天清晨的空气中呼啸而过。

老头掀开格子毛毯的边缘露出一只死狗。一堆皱巴巴的棕色毛皮，跟我那堆皮草外套没什么两样。

探长啪一声弹开手枪的弹匣，子弹全满。他又将弹匣推回去。

老头弯下身子，双手平摊在滚烫的柏油路上，汽车与卡车从左右两方呼啸而过，他用脸颊摩擦那堆棕色毛皮。

他站起身来看着前后方的公路。他回到小货卡的驾驶座，点了一根烟。他静观其变。

探长与我，我们静观其变。

如今我们在这里，晚了一个星期。老是迟了一步。后知后觉。

路杀耶稣第一次显灵，发生在离此几英里之外，一队州府雇工铲起一只死狗。在他们将狗装进袋子里之前，一台租来的车驶近停靠在他们后方的路肩。里面有一男一女，开车的是男人。女人留在车子里，男人跳下车子跑向公路局人员。他大叫要他们等一等。他说他可以帮忙。

那只狗只剩下破烂毛皮里的蛆和骨头。

男人很年轻，金发，他金色的长发因身后呼啸而过的车辆而飞散在风中。他留着红色的山羊胡，双颊上有横切过的刀疤，就在眼睛下方。刀疤是深红色的，年轻人将手伸进装了死狗的垃圾袋，然后告诉公路局人员——它还没死。

而公路局人员爆出笑声。他们将铁铲扔进卡车里。

而垃圾袋中有东西低吠起来。

它叫了。

如今，此时此地，当我写下这些话时，当那个老头在离我们不远处的公路上抽烟等待时。车流呼啸而过。在八十四号州际公路的另一边，一辆商旅车中的一家子在路肩的碎石子地上，打开一条薄被，里面是一只死掉的橘色的猫。离他们远一点，一对女人和小孩坐在折叠椅上，旁边是一只放在纸巾上的仓鼠。

离他们远一点，站着一对老夫妇撑了把阳伞帮一个年轻女子遮阳，年轻女子骨瘦如柴，扭曲横瘫在一张轮椅上。

那个老头、母子、一家大小，还有那对老夫妇，他们的眼睛扫过每一辆过往的车辆。

路杀耶稣每次都搭不同的车辆出现，两门轿车或四门轿车或小货卡，有时候是摩托车。有一次是旅行拖车。

在人们拍摄的快照、录像带中，永远是同样的金色乱发、红色山羊胡、刀疤。永远是同一个男人。女人的轮廓远远地在汽车中，卡车中，或其他什么的。

当我写下这些话时，探长将他的枪管瞄准我们那堆皮草外套。那些番茄酱与苍蝇。我们的诱饵。而如同其他所有人一样，我们正等待着一次奇迹。一个救世主。

19

车外每个地方都是黄色。黄到地平线。不是柠檬的黄，比较像是一种网球的黄。那是网球在鲜绿色网球场上看起来的样子。在公路两旁的世界，都是这一种颜色。

黄色。

波涛汹涌、翻腾飞扬的黄色大浪在驶过车辆产生的热风中行进，从公路的碎石子路肩延伸到黄色的丘陵。黄色。朝着我们的车投射出黄光。海伦、梦娜、蚵仔、我，我们所有人。我们的皮肤和眼睛。整个世界的细节。黄色。

"*Brassica tournefortii*，"①蚵仔说，"摩洛哥芥菜花盛开怒放。"

我们置身在海伦大型房屋中介经纪人房车的一股皮革味中，

---

① 一种芥科植物学名，俗名为亚洲芥菜(Asian Mustard)或撒哈拉芥菜(Sahara Mustard)。

开车的是海伦。海伦跟我坐前座，蚵仔和梦娜在后座。海伦和我之间的座位上是她的行事历，红色真皮装订的行事历塞在棕色的皮椅间。还有美国地图。还有电脑列印报表，列出图书馆中有这本诗集的城市。还有海伦的蓝色小皮包，在黄光下看起来是绿色。

“我愿意不惜一切当一个美洲原住民。”梦娜将前额抵着车窗说，“只求当一个两百年前自由自在的黑脚族（Blackfoot）或苏族（Sioux），你晓得，只求跟这一片自然美景和谐共存。”

为了明白梦娜的感受，我将我的前额抵着车窗。对比着冷气空调，玻璃窗火热滚烫。

一个令人不寒而栗的巧合，地图用相同的鲜黄色代表整个加州。

而蚵仔用鼻子喷出一口气，一声简短的哼声把他的头往后仰。他对着梦娜摇头说：“没有印第安人有过那种生活。”

他说，牛仔的时代没有风滚草（tumbleweed）。一直要到十九世纪末期，风滚草的种子俄国蓟（Russian thistle）才从欧亚大陆随绵羊的羊毛传过来。摩洛哥芥菜随着帆船用来压舱底的沙袋传过来。远处那些银色树木，那是俄国橄榄，*Elaeagnus augustifolia*①。那些公路路肩沿途生长成千上万的毛茸茸白色兔耳朵叫做 *Verbascum thapsus*，毛蕊花。我们刚才经过的深色扭曲大树是 *Robinia pseudoacacia*，黑洋槐。长出鲜黄花朵的墨绿色矮丛是苏格兰金雀花，*Cytisus scoparius*。

① 这就是中国人所谓的沙枣，常见于中国靠西北的省份。又名桂香柳、银柳。

它们全都是生物流行病的一环，他说。

“那些好莱坞的老西部片，”蚵仔说道，注视着窗外公路旁的内华达州。他说：“那些风滚草还有旱雀麦（cheatgrass）还有别的狗屁？”他摇着头说：“这里没有一样是土生土长的，但却是我们仅有的。”他说：“自然界几乎再也没有什么东西是自然的。”

蚵仔踢了一下前座椅背说：“嘿，老爹。内华达州的大型日报是哪一家？”

雷诺还是拉斯维加斯？我问。

蚵仔依旧望着窗外，反射的光让他的眼珠变成黄色，他说：“两个都要。还有卡森市。全部都要。”

然后我告诉他。

美国西岸的森林沿途丛生苏格兰金雀花与法国金雀花与英格兰常春藤与喜马拉雅黑莓，他说。本土的树木因列奥波德·楚非洛特（Leopold Trouvelot）在一八六〇年时引进的舞毒蛾（gypsy moth）而命在旦夕，楚非洛特当时想养它们制丝。沙漠与大草原丛生芥菜与旱雀麦与欧洲海滨草（beach grass）。

蚵仔用手指解开衬衫的纽扣，衬衫里面，贴着他胸前的皮肤，有个珠饰的东西。大小跟皮夹一样，用一条珠链挂在脖子上。“霍皮族（Hopi）①药草袋，”他说，“很有灵性吧？”

海伦从后视镜里看着他，她的双手戴着紧贴的小牛皮驾车手套放在方向盘上，她说：“腹肌很不错。”

蚵仔甩落肩膀上的衬衫，珠饰小袋挂在他的乳头间，他两边

① 指美国霍皮族印第安人。

的胸肌鼓鼓的。他的皮肤一直到肚脐晒得黝黑且光滑无毛发。除了中间有一道红色的珠子，小袋子满满包着蓝色的珠子。他黝黑的皮肤在黄光下看起来是橘色的。他的金发看起来仿佛着了火。

“我做的。”梦娜说，“我从二月就开始做。”

梦娜的雷鬼头和水晶项链。我问她是不是霍皮族印第安人。

蚵仔用他的手指在小袋子里打捞。

而海伦说：“梦娜，你什么原住民都不是。你真正的姓氏是史坦纳。”

“你不需要是霍皮族才能做，”梦娜说，“我照着书里的图案做的。”

“那么它就不算真的是霍皮族的东西。”海伦说。

而梦娜说：“算。它跟书上那个看起来一模一样。”她说：“我拿给你看。”

蚵仔从他的小珠子袋里拿出一支手机。

“业余者手工艺最有趣的地方就是它们很容易可以一边看电视一边做。”梦娜说，“而它们会帮助你接触到各种古老的能量和其他东西。”

蚵仔打开手机，拉出天线。他输入电话号码。他的指甲下露出一条弧形的脏污。

海伦从后视镜里看着他。

梦娜向前弯向她的膝盖，从后座地上拖出一个帆布背包。她取出一坨纠结的绳索和羽毛。看起来像是鸡毛，染成鲜艳的复活节粉红色和蓝色。铜板还有用黑玻璃做成的珠子垂挂在绳索上。

“这是我现在正在做的纳瓦侯族(Navajo)[1]捕梦网。”她说。她摇了摇,有些绳索解开,松松地垂下来。有些珠子掉进她大腿上的背包里。粉红色的羽毛飘浮在半空中,她说:“我想利用一些易经的铜板让它的力量更强大。算是供给它超强力能量。”

在背包下面某处,在她的大腿上,两腿间剃光毛的 V 字处,玻璃珠滚了进去。

蚵仔对着电话说:“是,我需要《卡森市电讯晨星报》零售广告刊登部的电话。”一根粉红色的羽毛飘近他的脸,他将羽毛吹走。

梦娜用她搽成黑色的指甲解着一些打结的地方说:“这比书上看起来的困难。”

蚵仔用一只手将电话握在耳边,另一只手搓揉着他胸前的小珠饰袋。

梦娜从她的帆布背包中拿出一本书,交给坐在前座的我。

蚵仔看见海伦仍从后视镜中注视着他,他对海伦眨了个眼,并且拧了一下他的乳头。

不管是什么原因,俄狄浦斯王(Oedipus Rex)浮现脑海。

在他裤带下方某处,他包皮那尖尖的粉红色钟乳石上,穿着小小的钢环。海伦怎么会要那种东西?

“古时候的牧场工人种植旱雀麦是因为它在春天可以很快绿化,

---

① 纳瓦侯(Navajo)族,Navajo 的意思,是“地上的人”,他们是美国印第安居民集团中人数最多的一支,约有二十万人,散居于新墨西哥州西北部、亚利桑那州和犹他州东南部。他们的彩陶、沙画和毛毯远近驰名,在纳瓦侯的传说中,住在谢依峡谷(Canyon de Chelle)蜘蛛女岩上的“蜘蛛女”(Spider Woman),传授给纳瓦侯人纺织的技艺。至今,他们还会把蜘蛛网涂在新生女婴的手和手臂上,祈望她长大后能成为一个出色的织者。

提供吃草的牛群初期的粮秣。”蚵仔说道，对着外面的世界点了点头。

第一块种植旱雀麦的土地是一八八九年在加拿大的英属哥伦比亚南方。但火灾为它散播。它每年都会干燥成火药，以往每十年才会发生一次火灾的地方，如今年年失火。而旱雀麦复原迅速。旱雀麦与火一拍即合。但土生土长的植物，山艾树(sagebrush)和沙漠夹竹桃(desert phlox)，它们可不。而每年一次大火，就长出更多的旱雀麦，更少其他的植物。如今那些倚赖其他植物的鹿群与羚羊都消失了。还有兔子也是。还有捕食兔子的隼鹰与猫头鹰。鼠类饿死了，还有捕食鼠类的蛇也饿死了。

如今，旱雀麦支配着自加拿大到内华达州的内陆沙漠，覆盖的地区是内布拉斯加州面积的两倍大，而且以每年数千英亩的速度继续扩散。

很讽刺的是，连牛群都痛恨旱雀麦，蚵仔说。乳牛也一样，它们吃那些罕见的本土束状草类。硕果仅存的部分。

梦娜的书叫做《传统部落业余手工艺》。我打开书，更多粉红色和蓝色的羽毛飘出来。

“如今，我新生活中的梦想是要找到一棵很挺直的树，你晓得。”梦娜说道，一根粉红色的羽毛卡在她的雷鬼头里，“然后做成一根图腾柱或什么的。”

“当你从一个本土植物的观点加以思考，”蚵仔说，“苹果籽强尼(Johnny Appleseed)①根本是个他妈的生物恐怖分子。”

---

① 苹果籽强尼(1774—1845)，十九世纪美国开垦时期的传奇人物，根据故事记载，本名John Chapman的Johnny Appleseed花了四十多年的时间沿着拓荒路线种植苹果树。

他说，苹果籽强尼根本就和散播天花一样。

蚵仔在手机上输入另一组号码。他踢着前座的椅背说："老妈，老爹？内华达州雷诺市最时髦的餐厅是哪一家？"

海伦耸耸肩望着我。她说："太浩（Tahoe）区的沙漠天空用餐俱乐部相当不错。"

蚵仔对着他的手机说："我要刊登一则三栏式的广告。"他望着窗外说："必须是三栏宽乘六英寸长，广告文案第一句是：沙漠天空用餐俱乐部的顾客请注意。"

蚵仔说："第二行是：您最近是否曾感染几乎致命的大肠杆菌食物中毒案例？假使如此，请拨打以下号码加入集体诉讼案件。"

然后蚵仔给了一个电话号码。他从他的药草袋中捞出一张信用卡，对着电话念出卡号与到期日。他要业务代表在排版后打电话给他，透过电话确认最后的广告文案。他要求下星期每天刊登这则广告，刊在餐饮版。他将电话合上关机，然后将天线推回去。

"如同黄热病以及天花杀害美洲原住民的途径一样，"他说，"我们在一九三〇年透过运输一批给装饰面板厂的木料带进荷兰榆树菌（Dutch elm disease），也在一九〇四年带来栗枯病（chestnut blight）。另一种致病真菌正在杀害东岸的山毛榉。于一九九六年引进纽约的亚洲长角甲虫（Asian long-horned beetle），预料会消灭北美的枫树。"

蚵仔说，为了控制大草原的犬类数量，牧场工人在大草原上的犬类聚落引进腺鼠疫（bubonic plague），到了一九三〇年，大约有百分之九十八的犬类都死了。鼠疫持续散播，杀光其他三十四种本土啮齿目动物物种，外加每年几个不幸的人类。

不管什么原因，勾魂歌浮现脑海。

“我呢，”当我把书还给梦娜时她说，“我喜欢古老的传统。我的希望是这趟旅行将会，你晓得的，像是我个人的愿景远征。我会想出一个印第安名，而且会改头换面。”

从他的霍皮族袋子中，蚵仔拿出一支香烟，然后问：“你们介意吗？”

而我告诉他我介意。

而海伦说：“一点也不。”而这是她的车。

而我数着一，数着二，数着三……

我们以为是自然的东西，蚵仔说，每一样都是我们用来杀害这个世界。每一株蒲公英都是一颗滴答作响的原子弹。生物污染。美丽的黄色毁灭。

蚵仔说，就跟你到巴黎或北京，到处都是麦当劳的汉堡一样，这是生活形态授权加盟的自然生态对等物。每个地方都是相同的地方。葛藤、斑马贻贝、布袋莲、八哥鸟、汉堡王。

本地土生土长的东西，任何独特的东西都被挤了出去。

“我们将来剩下唯一的生物多样性，”他说，“就是可口可乐对百事可乐。”

他说：“我们正以一次一个愚蠢错误的方法改变这个世界的地貌。”

蚵仔只是凝视着窗外，从他的珠饰药草袋中拿出一个塑胶打火机。他摇了摇打火机，将它甩在另一只手的掌心。

一根书上掉下来的粉红色羽毛，我嗅着它，想象梦娜的毛发也有相同的气味。手指头旋转着这根羽毛，我问蚵仔，刚才打的电话——他打到报社那个电话——他心里打什么主意?

蚵仔点燃香烟,将塑胶打火机和手机塞回他的药草袋里。

“那是他赚钱的方法。”梦娜说道。她正在解开捕梦网的纠缠绳结。在她的双臂之间,在她橘色的上衣里面,她的乳房用它们小小的粉红色乳头向外探。

而我数着四,数着五,数着六……

蚵仔用双手扣上衬衫,他的双唇叼着香烟,他的双眼因烟雾而斜眯着,他说:“还记得苹果籽强尼吗?”

海伦扭大冷气空调。

扣上他的领子,蚵仔说:“老爹,别担心。这不过是种下我的种子。”

用他变成了黄色的眼睛,注视窗外漫天的黄,他说:“这只不过是我这个世代,试图以散播我们自己的传染病来破坏现存的文化。”

20

女人打开她家前门，海伦和我就站在她家前廊上，我提着海伦的化妆箱，站在她后头半步之处，而海伦指着上面有粉红色长指甲的食指说："如果你能给我十五分钟，我就能给你一个全新的自己。"

海伦的套装是红色，但不是那种草莓红。比较像草莓慕斯的那种红，上面挤上鲜奶油，用一只水晶高脚碟装盘。在她那朵粉红色的发云中，她的耳环在阳光下闪耀着粉红色与红色的光。

女人用一条厨房毛巾擦擦手。她穿咖啡色的软帮皮鞋，没穿袜子。一条上面有黄色小鸡的围裙盖住她整个前半身，底下是那种可以丢到洗衣机洗的洋装。用一只手的手背将前额些许的头发拨开。黄色的小鸡都用它们的嘴叼着厨房用品，勺子和汤匙。透过生锈的纱门看我们，这女人说："有事吗？"

海伦回头望望站在她后头的我。她越过肩膀望望梦娜和蚵仔他们弯身匍匐，藏在停在路边的车子里。蚵仔对着电话小声地说："发痒的情况一直持续或是断断续续？"

海伦·胡佛·波尤把一只手的指尖并拢放在胸前，大片的粉红色宝石与珍珠遮住她底下的丝质上衣。她说："佩尔森太太吗？我们代表奇迹美容公司来这里。"

海伦一边说话，一边将她合拢的手朝着这个女人打开，仿佛把她的话语洒了出去。

海伦说："我是布兰达·威廉斯太太。"她用粉红色的指尖，将话语洒向她的肩膀后方，说："这位是我先生，罗伯特·威廉斯。"她说："我们今天有个非常别致的礼物要送给您。"

纱门内的女人低头凝望我手上的化妆箱。

而海伦说："我们可以进来吗？"

事情本该更干净利落的。

四处奔波旅行这码子事，本该只是走进图书馆，从书架上把书拿下来，坐在图书馆厕所的马桶上把那一页割下来。然后，冲水。事情本该如此干净利落。

前几家图书馆，没啥问题。接下来的这家，书不在书架上。在图书馆的轻声细语中，梦娜与我前往借书柜台询问。海伦与蚵仔在车子里等。

那个图书馆员是个留直长发往脑后绑马尾的家伙。他两耳都戴耳环，海盗船回圈耳环，身穿宽大的格子背心毛衣，说那本书——他上上下下滚动电脑屏幕——已经被借走了。

"它真的对我非常重要。"梦娜说，"之前我借了书，我把东西夹在书里面了。”

很抱歉，这家伙说。

“你能告诉我们是谁借走了吗?”梦娜问。

而这家伙说，很抱歉。办不到。

而我数着一，数着二，数着三……

的确，每个人都想扮演上帝，但对我来说，我可是全年无休。

我数着四，数着五，数着六……

才一下子功夫，海伦·胡佛·波尤站在借书柜台前。她满脸微笑直到图书馆员从他的电脑抬起头来，她张开双手，闪闪发光的戒指戴满了每根手指头。

她微笑说:“年轻人，我女儿把一张旧家族照片留在某本书的书里头了。”她摇着手指头说:“你可以照章行事，你也可以助人为善，就看你怎么选择。”

图书馆员看着她的手指，彩色光柱与闪耀的碎光在他的脸孔上舞动。他舔了舔嘴唇。然后他摇头否决，说不值得他这么做。借书人会来申诉，他会被开除。

“我们跟你保证，”海伦说，“我们不会让你丢了饭碗。”

在车子里，我跟梦娜一起等，我数着二十七，数着二十八，数着二十九……以我所知唯一的方法，试着不杀光图书馆每一个人好让我自己可以查出电脑上的地址。

海伦拿着一张纸走出来回到车里。她弯身到驾驶座打开的车窗里说:“有好消息跟坏消息。”

梦娜和蚵仔正斜躺在后座上，他们坐起身子。我坐在前座驾驶座旁，数数儿。

而梦娜说："他们有三本，不过全被借走了。"

而海伦坐进方向盘后方说："我知道一百万种不请自来的方法。"

而蚵仔将眼睛上的头发甩开说："干得好，老妈。"

第一户进行得很顺利。然后是第二户。

登门拜访途中，在车子里，海伦拣选金色小管子与闪亮小盒子，她的唇膏与化妆品，她的化妆箱打开放在腿上。她扭出一条粉红色唇膏，斜眯着眼睛看着说："这些我绝对不会再拿来用。如果我没搞错的话，最后的那个女人有长癣。"

梦娜从后座弯身向前，越过海伦的肩膀看着说："你真的很擅长。"

海伦旋开眼影的小圆盒，对着里面的褐色或粉红色或桃色又看又嗅，说："我有很多机会练习。"

她从后视镜里看自己，拉拉几束粉红色的头发。她看看她的手表，用大拇指和食指捏着表面，她说："我不该告诉你，不过我的第一份工作就是这个。"

如今我们把车停在一间生锈的货柜屋外，货柜屋坐落在一方枯死的草坪上，上面散落着小孩子的塑胶玩具。海伦啪一声将她的箱子关上。她看看坐在一旁的我说："你准备好再试一次了吗？"

在货柜屋中跟这个围裙上画着小鸡的女人交谈，海伦说："你绝对不用花任何钱，也没任何义务。"然后她让女人退回到沙发上坐下。

海伦坐在女人面前，女人坐得非常近，她们的膝盖几乎碰在一起。海伦拿着一支软毛刷靠近她说："把你的脸颊往内吸，亲爱的。”

她用手抓了一把女人的头发提到半空中。女人有一头金发，发根有一英寸是棕色的。用另一只手，海伦以快速的手法将头发往下梳，将较长的发束提高，将较短的棕发压在头皮上。她又抓了一把，然后又把头发弄蓬松又来回梳，直到除了最长的发束外其他头发都往下挤压纠结在头皮上。接着她用平齿梳将长的金发发束顺梳在蓬松的短发上，直到女人的头变成一颗蓬松的金发泡泡。

而我说，原来你就是那样搞的。

这跟海伦的发型一模一样，只不过是金色的。

沙发前的咖啡桌上插着一大束的玫瑰与百合花，但已经枯萎变黄，花插在一只花匠送来的绿色玻璃瓶里，瓶底只剩下少许黑色的水。厨房里的小餐桌上还有更多的花束，只剩下枯死的花茎插在浓稠发臭的水里。排在地板上，沿着客厅后面的墙壁还有更多的花瓶，每个花瓶里都有一块绿色的海绵，插着卷曲、荒芜的玫瑰或者发黑、凋零的康乃馨，长着灰色的霉。每一束花里面都塞着一张小卡片写着：谨致上最沉痛的哀悼之意。

而海伦说：“现在用双手护住你的脸。”接着她开始摇晃一罐发胶喷雾。她以发胶喷雾笼罩女人。

女人因看不见而蜷缩起来，稍稍向前弯着身体，两只手盖在脸上。

海伦朝着货柜屋另一头的房间别了一下头。

然后我动身。

在瓶子里来回抽动着睫毛膏的刷子，她说：“你不介意我先生借用你的厕所吧？”海伦说：“现在，眼睛往天花板看，亲爱的。”

浴室里，脏衣服依不同颜色分堆摆在地板上。白色的、深色的。有的牛仔裤和衬衫沾着油渍。还有毛巾、床单和胸罩。还有一条红色格子布桌巾。为了制造音效，我冲了马桶。

没有尿布或小孩的衣物。

在客厅里，小鸡女人依然望着天花板，只不过现在她随着急促的呼吸气颤抖。她的胸腔，在围裙下抖动。海伦用面纸折起的一角擦拭泪汪汪的妆容。面纸湿透了，沾满黑色的睫毛膏，而海伦说着："有一天会好转的，蓉达。你现在还看不出来，不过一定会的。"折起另一张面纸涂抹，她说："你要做的事就是让自己变坚强。将自己视为坚强锐利的东西。"

她说："蓉达，你还是个年轻女人。你需要回到学校，把这份伤痛化为财富。"

这个小鸡女人蓉达，依旧仰头向后哭泣，瞪着天花板。

浴室后面有两个房间。一间有张水床。另一间有张摇篮，以及一挂塑胶雏菊的电动吊饰。有座漆成白色的五斗柜。摇篮空的。塑胶小床垫捆成一卷放在一头。靠近摇篮的凳子上有一摞书。《世界诗歌童谣大全》就放在最上面。

当我将这本书放在梳妆台上，它翻开到第二十七页。

我用一支宝宝别针的尖端从上到下划过书页的内缘，紧靠在装订线旁边，那一页脱落下。我将那一页折好放进口袋，把书放回那摞书本上。

在客厅，化妆品成堆丢在地板上。

海伦拉出她化妆箱内里的夹层底。里面有层层的项链和手镯，大型的胸针以及成对夹在一起的耳环，全经过琢磨，闪耀着令人目眩的红光与绿光、黄光与蓝光。珠宝。悬挂在海伦双手之间的是一条长长的项链，镶着比她修磨过的粉红色指甲还要大颗的黄红宝石。

“看切工优良的钻石时，”她说，“要小心检查钻石腰缘下方的切面是否有漏光。”她将项链放在女人手中说：“看红宝石时——这种氧化铝类的宝石——里面称作金红石内含物的异物，可以让宝石散发一种柔和的粉红色外观，除非珠宝商将宝石放在高温下烘烤。”

忘却整体图像的诀窍在于一切只看特写。

这两个女人坐得这么近，她们的膝盖接在一起。她们的头几乎碰在一块。小鸡女人不哭了。

小鸡女人一只眼睛上戴着珠宝商的放大镜。

枯死的花束被推到一旁，散落在咖啡桌上的是一小堆闪亮的粉红色与柔和的金色，冷色的白色珍珠与精雕细琢的蓝色琉璃。另一小堆是夺目的橘色与黄色。还有一堆是光亮的银色与白色。

而海伦将一颗耀眼的绿色卵石捧在手中，明亮到两个女人都因反射的光芒而发绿，她说：“你看到合成祖母绿这种均匀的纱状内含物吗？”

女人的眼睛紧紧卡着放大镜，点了点头。

海伦说：“好好记住这一点。我不希望你跟我一样蒙受其害。”她将手伸进化妆箱中，取出一把发亮的黄石头，她说：“这只黄宝石胸针是电影明星娜塔莎·华伦所有。”双手并用，她取出一颗闪亮的粉红色心形钻，拖着一条小钻做成的长链子，说：“这条七百克拉的绿宝石垂饰曾为罗马尼亚的玛丽皇后所拥有。”

在这堆珠宝中,海伦·胡佛·波尤会说,会有每一个曾经拥有人的鬼魂。每一个富裕成功到足以向世人证明的人。他们所有的才华与睿智与美貌,都不及这些装饰性的废物长命。这些珠宝所该代表的一切成功与成就,都已经烟消云散了。

有着相同的发型、相同的妆、靠得这么近,她们大有可能是姊妹。她们大有可能是母女。往昔和往后。过去与未来。

还有更多,但我这时走出门上车。

梦娜坐在后座,问我:"你找到了吗?"

而我说是。虽说它对那个女人一点好处也没有。

我们唯一给她的东西只有蓬蓬头,可能还有癣。

蚵仔说:"给我们看那首歌。让我们瞧瞧这趟旅程到底是为了什么。"

而我告诉他,门都没有。我将折起来的纸放进嘴里嚼了又嚼。我的脚痛了起来,我脱下鞋子。我嚼了又嚼。梦娜睡着了。我嚼了又嚼。蚵仔望向窗外看着水沟里的杂草。

我吞下纸片,然后睡着。

随后,坐在车里,驶向下一个小镇,下一个图书馆,也许下一次美容课,我醒过来,而海伦已经开了将近三百英里。

天快黑了,从挡风玻璃往外看,她说:"所有的花费我都有记下来。"

梦娜坐起身子,隔着她的头发搔头皮。她将手指按在粉红色的手指上,她用指腹按进她的眼角然后快速拔开,上面黏了一颗眼屎。她把眼屎擦在牛仔裤上说:"我们要去哪里吃饭?"

我叫梦娜扣好安全带。

海伦打开车灯。她一只手贴着方向盘张开，撑得很大，她看着手背，她的戒指，说："等我们找到影子之书，等我们成为这个世界全能的领袖时，等我们拥有这个星球上的一切而且受到所有人的爱戴以后，"她说："你还欠我两百块的化妆品费用。"

她看起来很怪。她的头发看起来不对劲。是她的耳环，那对肥厚的粉红色与红色块状物，粉红蓝宝石与红宝石。它们不见了。

21

这不仅仅是一夜。只是感觉如此。每一夜都如此，穿过得克萨斯州和亚利桑那州，进入内华达州，跨越加利福尼亚州，上行到俄勒冈州、华盛顿州、爱达荷州、蒙大拿州。每一个夜晚，在车里行驶都一个样子。不管在哪里。

黑暗中，每一个地方都是同一个地方。

"我儿子，帕特里克，没死。"海伦·胡佛·波尤说。

地方政府的病历报告记载他死了，但我什么也没说。

海伦开着车，梦娜和蚵仔在后座睡着了。睡着了或在侧耳聆听。我坐在前座的乘客座位上。倚靠在车门上。尽可能远离海伦。用我的手枕着头，这样我可以听她讲话而不必看她。

而海伦在跟我说话，没往后看。在车盖下方车前灯的灯光中，我们俩眼睛直视前方的道路奔驰。

“帕特里克在‘新延续系统医学中心’。”她说，“而我全心相信有一天他会完全康复。”

她用红色皮革装订的行事历，放在我们两个中间的前座上。

驶过北达科他州与明尼苏达州，我问，她怎么找到勾魂歌的？

用一根粉红色的手指头，她在黑暗中某处按下一个按钮，将车子设定在定速操控模式。又按下黑暗中的另一个东西，打开车头的远光灯。

“我以前做过‘肌肤色系化妆品’的客户代表，”她说，“我们住的货柜车不怎么舒适。”她说：“我先生和我。”

地方政府的病历报告上记载他名叫约翰·波尤。

“你知道生头一胎会怎样。”她说，“人们给你好多玩具和书。我甚至不晓得到底是谁带来那本书。那不过是一堆书里的一本。”

根据地方政府的记载，这铁定是二十年前的事了。

“不用我告诉你发生什么事了，”她说，“但约翰一直认为是我的错。”

根据警方的纪录，六个月大的帕特里克·雷蒙·波尤死后一个星期之内，警方总共接到波尤家六通家暴报案电话，位于美丽之夜机动家庭公园，第一百七十五号用地。

车子行经威斯康星州和内布拉斯加州，海伦说：“我当时在‘肌肤色系’从事挨家挨户登门拜访的工作。”她说：“我没有马上回到工作岗位。那一定是——老天爷——在帕特里克……就从当天早上我们察觉帕特里克大事不妙之时，也过了一年半了。”

海伦告诉我，当她在他们居住的拖车开发区散步时，她遇见另一个年轻女人，就跟那个穿小鸡图案围裙的女人一样。同样从停尸间带回家枯萎的葬礼花束。同样空荡荡的摇篮。

“我可以光靠贩卖厚重的粉底跟遮瑕膏就赚进大把钞票。”海伦微笑着说，“尤其是接近月底，当手头变紧的时候。”

二十年前，另一个跟海伦同龄的女人，当她们俩交谈之际，她给海伦看育婴室，看宝宝的照片。那个女人名叫辛西亚·摩尔。她一个眼睛被打到淤青。

“我看到他们有一本跟我们一样的书，”海伦说，“《世界诗歌童谣大全》。”

这些其他人的书就摊在他们小孩死前那一夜所读的同一页上。书本、摇篮里的寝具，他们试着原封不动。

“当然就跟我们的书一样摊在同一页上。”海伦说。

约翰·波尤每天晚上在家里喝一大堆啤酒。他说他不想再生一个小孩，因为他没办法信任她。要是她不知道自己做错了什么，这么做太冒险了。

我的手放在她发热的皮革座椅上，感觉仿佛我正抚摸另一个人。

车子驶过科罗拉多州、堪萨斯州，以及密苏里州，她说：“拖车公园里的另外那位母亲，有一天他们家办了个庭院大拍卖。他们所有的婴儿用品，全都折叠起来堆在草地上，标着一个两毛五的价钱。那本书也在，我买了下来。”海伦说：“我问里面的男人辛西亚为什么要变卖全部的东西，他只是耸耸肩。”

根据地方政府的病历报告，辛西亚·摩尔在她小孩无明显死因过世的三个月后，喝下通水管的清洁剂，死于食道出血和窒息。

“约翰担心会有病菌，所以他早烧掉帕特里克所有的物品。”她说:“我用一毛钱买下那本书。我还记得那天外头风和日丽。”

警方的报告显示美丽之夜机动家庭公园第一百七十五号用地又打了三个家暴报案电话。辛西亚·摩尔死后一个星期,约翰·波尤被发现死于无明显死因。根据地方政府的说法,他血液中高浓度的酒精可能引发了睡眠呼吸终止症。另一个可能的原因是姿势性窒息。他可能醉过了头,以至于跌落后陷入无意识,停在某个妨碍他呼吸的姿势。无论哪种原因,尸体都没有外伤。死亡证书上没有明确的死亡原因。

车行过伊利诺伊州、印第安纳州,以及俄亥俄州,海伦说:“我不是有意要杀害约翰。”她说:“我不过是好奇罢了。”

跟我对邓肯一样。

“我只是在测试一个理论,”她说,“约翰一直说帕特里克的鬼魂跟我们在一起,而我一直告诉他帕特里克还活着在医院里。”

二十年后,帕特里克宝宝还在医院里,她说。

尽管听起来很疯狂,我什么话也没说。一个婴儿历经二十年的昏迷状态或靠维生系统还什么的活命,看起来会是什么模样,我无法想象。

想象蚵仔大半辈子得靠喂食管或导尿管过活。

对那些你所爱的人,有比杀害他们更卑劣的事。

后座上,梦娜坐起身来伸展着手臂。她说:“在古希腊,人们用船难沉船的钉子写下他们最强大的诅咒。”她说:“死在海上的水手无法得到恰当的殡葬。希腊人知道没有下葬的死人是最永无宁日的毁灭性幽魂。”

而海伦说:“闭嘴。”

车子驶过西弗吉尼亚州、宾夕法尼亚州，然后是纽约州。海伦说：“我最恨那些声称他们可以看见鬼魂的人。”她说：“根本就没有鬼魂。当你死掉了，你就死了。没有往生。那些声称可以见到鬼魂的人不过是在引人注意。那些相信轮回的人不过是在拖延他们的人生。”

她微笑。“幸好对我来说，”她说，“我找到一个惩罚那些人的方法，还赚进了大把的钞票。”

她的手机响了。

她说：“帕特里克的事如果你不信，我可以给你看这个月医院的账单。”

当她说到这个时，我们正驶过佛蒙特州。当我们在黑暗中穿越路易斯安那州时她说了故事的一小部分，然后是阿肯色州与密西西比州。所有这些东边的小州，有的晚上，我们会一晚越过两三个。

她打开电话接听，她说：“我是海伦。”她对我翻了个白眼说：“一个隐形的婴儿被封在你卧室的墙壁里？整晚都在号哭？真的？”

我不知道这故事的其他部分，直到我们回到家，我做了些调查。

将电话紧贴在胸前，海伦告诉我：“我跟你说的一切都不能公开。”她说：“直到我们找到影子之书前，我们都无法改变已经发生的事。我会用书中的咒语，确保帕特里克完全康复。”

22

我们开车经过中西部的时候收听一个调幅广播节目，有个男人的声音在歌颂着莎拉·罗文斯坦医生是现代社会这个荒原中希望与道德的灯塔。莎拉医生是个崇高的硬派道德家，她拒绝接受除了坚毅不移正直行为之外的任何事。她是正直准则的堡垒，是一座明灯，闪耀着自己的光芒以揭露这个世界的邪恶不义。这个男人说，莎拉医生将永远长存我们心灵，因为她自己的灵魂如此坚强而且如此——

声音突然中断。

而梦娜在踢前座的椅背，正好踢到我肾脏正后方，说："不要再来一次。"她说，"别把你的个人问题发泄在无辜的人们身上。"

而我要她停止指控我。搞不好只是太阳黑子的作用。

这些说话狂。这些聆听恐慌症者。

勾魂歌盘旋过我脑海的速度如此之快，我甚至没留意到。我当时半睡半醒。情况远超出我的控制。我可以在睡眠中杀人。

经过几英里电台记者称之为死寂空气的沉默，另一个男人的声音上了广播，歌颂莎拉·罗文斯坦医生是百万名广播听众衡量自身生活的道德标准。她是上帝的火热宝剑，派遣到凡间引领罪人们与为恶者远离——

然后这个新任者的声音断线。

梦娜使劲踢了我的椅背，说："这一点都不好笑。这些电台说教者可是活生生的人啊！"

而我说，我什么也没做。

而海伦和蚵仔咯咯窃笑。

梦娜在胸前叉起手，用力跌坐在后座上。她说："你没半点敬意。一点都没有。百万年的神力你拿来这样胡搞。"

梦娜双手放在蚵仔身上用力将他往外推，害他撞上车门。她说："你也一样。"她说："一个电台名人就跟一头牛或一头猪一样重要。"

此时广播播放起舞曲音乐。海伦的手机开始作响，她打开手机，将它按在头发上。她朝着广播点了个头，用嘴形无声地说关小声点。

她对着电话说："对。"她说："嗯，对，我知道他是谁。告诉我他现在人在哪里，尽可能指出精确的位置。"

我调低广播的音量。

海伦听着电话说："不是。"她说："我要一只七十五克拉花式切工的蓝白钻。打电话给日内瓦的德雷舍先生，他很清楚我要的那一款。”

梦娜从后座地板上拉出她的背包，然后她拿出一束彩色签字笔还有一本厚厚的笔记本，用墨绿色的锦缎装订的。她把笔记本在大腿上打开，用一支蓝色签字笔开始在上面草草地写着字。她盖上蓝色的笔，又用一支黄色笔开始写。

而海伦说：“保全有多严密不重要。这件事会在营业时间内办完。”她盖上电话结束通话，把手机扔在身旁的座位上。

在我们俩之间的前座上有她的行事历，她将行事历翻开，在里面写下一个名字与今天的日期。

梦娜腿上的那本笔记本是她的对映镜书。所有真正的巫师，她说，都有对映镜书。它像是一本日记和食谱，你可以搜集所学到的魔法与仪式。

“比方说，”她说道，念着她的对映镜书，“德谟克利特（Democritus）①说在橡木火堆上燃烧变色龙的头会引发暴风雨。”

她往前靠，在我耳边说：“你晓得，德谟克利特，”她说：“跟民主（democracy）②这个字的创始人一样。”

而我数着一，数着二，数着三……

要让某人闭嘴，梦娜说，让他们停止说话，拿一条鱼紧紧缝住它的嘴巴。

要治疗耳朵痛，梦娜说，你需要用从母猪阴道里滴出来的公猪

---

① 约公元前五至前四世纪的希腊哲学家、数学家，最早提出原子论的学者。

② Democritus 跟 democracy（民主）这个字毫无瓜葛。democracy 的希腊原文是 dhmokratia，这个字的字源是 dhmos 加上 kratos，dhmos 代表众人，kratos 代表力量，加起来是“众人的力量”之意。

精子。

根据犹太人的《咒语大全》(*Sepher ha-Razim*)①,你必须杀死一只刚出生还没见过天光的黑色小狗。然后将你的诅咒写在一块牌子上,将牌子放进狗的头部。接着用蜡密封它的嘴,并将狗头藏在某个人的家里,那么这个人便永远无法入眠。

“根据泰奥佛拉斯特斯(Theophrastus)②的说法,”梦娜念着:“你只能在夜里挖起牡丹,因为如果有啄木鸟看见你动手,你就会失明。如果啄木鸟看见你砍断这植物的根,你就会脱肛。”

然后海伦说:“真希望我有一条鱼……”

根据梦娜所言,你不应该杀人,因为这么做会使你驱离人性。为了使杀人的行为合理化,你必须让被害人成为你的敌人。为了使任何犯罪行为合理化,你必须让被害人成为你的敌人。

假以时日,世界上每一个人都会变成你的敌人。

随着每一次犯罪,梦娜说,你会越来越疏远这个世界。你想象全世界都跟你作对的状况会愈演愈烈。

“莎拉·罗文斯坦医生不是一开始就对每个打电话到她广播节目的人加以抨击和苛责。”梦娜说,“之前她只有个小时段和一小群听众,而且她似乎真的很认真要帮助别人。”

而或许是年复一年接到相同的电话,谈论意外怀孕,谈论离婚,谈论家庭口角。或许是因为她的听众人数成长而她的节目移到黄金时段。或许是她多赚的那些钱。或许权力使人腐败,但她

---

① 源起于古希腊时期犹太文明中喀巴拉宗派(Kabbalistic)的魔法书,根据传说,这是神秘之书(Books of Mysteries)的其中一本。

② 约公元前四至前三世纪的古希腊哲学家、医学家。

并非向来就这么尖酸刻薄。

唯一的出路，梦娜说，就是弃械投降，让这个世界因我和海伦所犯下的罪过杀了我们。或者我们可以自杀。

我问她这是否又是巫术的胡言乱语。

而梦娜说："不是，事实上，这是某位先哲说的。"

她说："在杀了人之后，这是唯一能重新回归与人性连结的方式。"她继续画着她的笔记本说："这是唯一回归的方式，回归到这世界不再是你的报应的某个处所。在那里你才不致全然孤独。"

"一条鱼，"海伦说，"还有一根针和一条线。"

而我并不孤单。

我有海伦。

或许这是为什么那么多连续杀人犯成双结对犯案的原因。在一个充满受害者与敌人的世界里，不必感到孤单是件很不错的事情。难怪沃楚德·瓦格纳，那位奥地利的死亡天使，说服她的朋友跟她一起杀人。

简直就是顺理成章。

你我一起对抗这个世界……

盖瑞·罗文登（Gary Lewingdon）有他哥哥萨德斯（Thaddeus）①。肯尼斯·毕昂奇（Kenneth Bianchi）有安奇罗·布奥诺（Angelo Buono）。拉里·毕塔克（Larry Bittaker）有罗伊·诺里斯（Roy Norris）。道格·克拉克（Doug Clark）有卡罗尔·邦蒂（Carol

---

① 著名的"点二二口径杀人组"，他们两兄弟于一九七〇年代末期在美国俄亥俄州连续行凶杀人。他们被逮捕之前，总共犯下十起命案。

Bundy)。大卫·高尔(David Gore)有弗雷德·渥特菲尔(Fred Waterfield)。关·葛拉翰(Gwen Graham)有凯西·伍德(Cathy Wood)。道格·葛列札勒(Doug Gretzler)有比尔·史提尔曼(Bill Steelman)。乔·卡林杰(Joe Kallinger)有他儿子麦克。派特·契尔尼(Pat Kearney)有戴夫·希尔(Dave Hill)。安迪·寇寇拉雷斯(Andy Kokoraleis)有他弟弟汤姆。里欧·雷克(Leo Lake)有查尔斯·吴(Charles Ng)。亨利·卢卡斯(Henry Lucas)有欧提斯·图尔(Ottis Toole)。艾尔伯特·安赛米(Albert Anselmi)有约翰·史卡利斯(John Scalise)。艾伦·迈克尔(Allen Michael)有克里曼·约翰逊(Cleamon Johnson)。克莱德·巴洛(Clyde Barrow)有邦妮·帕克(Bonnie Parker)。道格·贝摩尔(Doug Bemore)有基思·寇斯比(Keith Cosby)。伊恩·布莱迪(Ian Brady)有米拉·辛德利(Myra Hindley)。汤姆·布朗(Tom Braun)有里欧·曼因(Leo Maine)。班·布鲁克斯(Ben Brooks)有弗雷德·翠许(Fred Treesh)。约翰·布朗(John Brown)有山姆·寇特齐(Sam Coetzee)。比尔·伯克(Bill Burke)有比尔·海尔(Bill Hare)。厄尔斯金·布洛斯(Erskine Burrows)有拉里·塔克林(Larry Tacklyn)。何塞·布克斯(Jose Bux)有马利安诺·马库(Mariano Macu)。布鲁斯·柴尔兹(Bruce Childs)有亨利·麦肯尼(Henry McKenny)。艾尔顿·科尔曼(Alton Coleman)有戴比·布朗(Debbie Brown)。安·法兰琪(Ann French)有她儿子比尔。弗兰克·古森伯格(Frank Gusenberg)有他弟弟彼得。戴尔菲娜·冈萨雷斯(Delfina Gonzalez)有她姊姊玛莉亚。提特·赫姆医生(Dr. Teet Haerm)有汤姆·奥尔根医生(Dr. Tom Allgen)。艾米莉亚·萨其(Amelia

Sachs)有安妮·华特斯(Annie Walters)。

所有登记有案的连续杀人凶手有百分之十三结对犯案。

在圣·昆丁(San Quentin)①监狱的死囚牢里,“计分卡杀手”兰迪·卡夫特(Randy “the Scorecard Killer” Kraft)与“日落杀神”道格·克拉克(Doug “Sunset Slayer” Clark)、“钳子”拉里·毕塔克(Larry “Pliers” Bittaker),还有公路杀手比尔·波宁(Freeway Killer Bill Bonin)一起玩桥牌。他们四人加起来一共杀了一百二十六名被害人。

海伦·胡佛·波尤有我。

“我杀人杀到停不下来,”有一回,波宁告诉一名记者,“每一次都更容易一点……”

我得同意他的话。这的确会变成一种坏习惯。

广播里正在歌颂着莎拉·罗文斯坦医生是个充满无与伦比力量与影响力的天使,是上帝荣耀的手,是她周遭世界的良知,这个充满罪恶与残酷意图的世界,这个隐——

死的人越多,情况就越是原地踏步。

“请便,证明你自己。”蚵仔说道,朝着广播点了点头。他说:“把这个蠢货也干掉。”

我数着三十七,数着三十八,数着三十九……

自从离家起,我们已经废掉七本诗集。原版发行量有五百本。如此一来一共制伏三百零六本,还有一百九十四本得解决。

报纸上说,那个身穿黑色长皮衣外套的男人,那个在十字路口

① 美国加州著名的重刑监狱。

推了我一把的人，他每个月都捐血。他花了三年的时间待在海外参加和平工作团，为麻风病人挖水井。他为博茨瓦纳一个误食毒菌的小女孩捐出一大块自己的肝。他在对抗某种致残疾病——我忘了是什么病——的认捐活动中当过接线生。

不过，他还是该死。他骂我混蛋。

他推我！

报纸上刊登着我楼上邻居的父母亲抚棺痛哭。

不过，他的音响还是他妈的吵死人。

报纸上说，一个叫做丹妮·泰丝特罗的封面女郎时尚模特儿，今天早上被人发现死于她位于市中心的无隔间大公寓里。

不管为了什么原因，我希望纳什没有接到去收尸的电话。

蚵仔指着收音机说："杀了他，老爹，不然你不过是满嘴屁话。"

真的，这个世界充满了混蛋。

海伦打开手机，预先打电话给俄克拉荷马州和佛罗里达州的图书馆。她在奥兰多市找到另一本诗集。

梦娜念给我们听古希腊人如何制造他们称作 *defixiones* 的诅咒牌。

古希腊人拿 *kolossi*——用铜或蜡或黏土做成的小人偶——然后用钉子刺它们或揪扭或摧残它们，把头或手切掉。他们把被害人的头发放进人偶内部，或是将书写在莎草纸上的诅咒加以密封卷起后，放入人偶内。

卢浮宫博物馆内有一座公元二世纪的埃及塑像。那是一名裸体女子，被捆绑起来，她的眼睛、她的耳朵、她的嘴巴、乳房、双手、双脚、阴道、肛门都被钉入钉子。用一支橘色的签字笔在她的笔记本上涂鸦，梦娜说："无论谁制作了那个人偶，他们大概会爱死了你和海伦。"

诅咒牌是用铅或红铜打造的薄片，有的时候是用黏土。你用沉船的钉子写下你的诅咒，接着将薄片卷起，并用钉子刺穿它。当你书写的时候，第一行要从左写到右，下面一行从右到左，第三行从左到右，依此类推。如果可以的话，将被害人的头发或一小片衣服包在诅咒牌里面。你把诅咒牌扔进湖里或井里或海里，任何可以将它传达到阴间的地方，在那里会有厉鬼加以解读并实现你的命令。

海伦依旧在打电话，她将电话靠在胸前片刻，说："听起来好像从网络下订单买东西一样。"

我数着三百四十六，数着三百四十七，数着三百四十八……

梦娜说，在希腊罗马传统中，有夜巫师与日巫师。日巫师善良且充满关爱。夜巫师隐蔽且倾向破坏一切文明。

梦娜说："你们两个无疑是夜巫师。"

这些给予我们民主与建筑的人，梦娜说魔法是他们日常生活的一部分。生意人彼此下咒。邻居诅咒邻居。在原始奥林匹克运动会的赛场附近，人类学家发现古井里满是运动员加诸其他运动员身上的诅咒。

梦娜说："这可不是我凭空杜撰的。"

在古希腊文中，用来吸引爱人的咒语叫作 *agogai*。

破坏一段感情的诅咒称作 *diakopoi*。

海伦提高音量对着手机说："鲜血从你厨房墙壁上流下来？噢，你当然不应该继续忍受这种事。"

蚵仔对着电话说："我要查《迈阿密电讯观察报》零售广告部的电话。"

而广播用一阵法国号合奏打断一切。一个男人的低沉嗓音浮现，背景有电传打字机的哨啷声。

"南美洲最大贩毒集团的涉嫌领导人，在他迈阿密顶楼豪华公寓中被人发现身亡。"广播声音说，"三十九岁的古斯塔夫·布列南，据信是每年近三百亿美元古柯碱买卖的首脑。警方目前查无死因，但预计将解剖尸体……"

海伦望着收音机说："你们听见了吗？这太荒谬了。"她说："你们听。"她调高收音机的音量。

"……布列南，"这个声音说，"住在一栋布满武装保镖的堡垒中，受到联邦调查局的严密监视……"

对着我，海伦问："这个时代还有人用电传打字机吗？"

她刚才接到的那个电话——蓝白钻那个——她写在行事历上的名字，就是古斯塔夫·布列南。

23

几个世纪前，长途航行的水手们习惯在每个无人荒岛留下一对猪。或者他们留下的是一对山羊。无论哪一种，未来再次造访时，小岛会成为肉食的来源。这些岛屿，本来处于原始状态。它们是鸟类的家园，这些鸟原先没有天敌。这些鸟类在地球上其他地方都不存在。那里的植物，因为没有天敌，它们的进化无须尖刺或毒素。没有掠夺者或敌人，这些岛屿，可说是人间天堂。

这些水手们，当他们下一次造访这些岛屿时，唯一还在那里的东西只剩下羊群或猪群。

蚵仔正在说故事。

水手们称之为“播种肉”。

蚵仔说：“这有没有让你们想到什么？也许是古老的亚当和夏娃的故事？”

望向车窗外，他说：“你们有没有思考过上帝什么时候会带一堆烤肉酱回来？”

外面是大湖的一部分，湖水延伸到天际的地平线，什么都没有，只有斑马贻贝与八目鳗，蚵仔说。空气因腐烂的鱼群而发臭。

梦娜用双手把一个大麦和薰衣草制成的枕头按在脸上。她手背上红色的指甲花染图案延展到每一根手指的指尖。朱红的蛇身与藤蔓攀缠在一起。

蚵仔的手机响起，他拉出天线。他将手机放到脑袋旁说：“狄墨、戴维斯与霍普律师事务所。”

他将一根手指头放进鼻孔里扭转着，然后拿出手指头望着它。蚵仔对着电话说：“在那里用餐完多久之后开始出现腹泻的现象？”他见我看着他便对着我弹手指头。

拿着她自己的手机，海伦说：“先前住在里面的屋主非常开心。这是栋美丽的屋子。”

在地方报纸《伊利湖登录哨兵报》上，一则刊登在娱乐类的广告写着：

乡村之家高尔夫俱乐部的顾客请注意

广告说：“您是否在该处的游泳池或更衣室设备感染一种具抗药性的葡萄球菌？假使如此，请拨打下列电话号码加入一宗集体诉讼案。”

你知道那个号码就是蚵仔的手机。

蚵仔说，一八七〇年代，有一个名叫史宾塞·拜耳德（Spencer

Baird)的人决定扮演上帝。他决定欧洲鲤鱼对美国人来说是最便宜的蛋白质种类。足足有二十年的时间,他将鲤鱼鱼苗运送到美国各地。他说服一百家不同的铁路公司为他运送鲤鱼鱼苗,并将鱼苗在所有火车行经的各种水域放生。他甚至装配能够运输九吨鲤鱼鱼苗的特制铁路水槽车厢,将它们送往北美各个流域。

海伦的电话响起,她打开手机接听。她的行事历打开放在身旁的座位上,她说:"此刻殿下究竟在何方?"然后她写了一个名字在当日的行事历下。海伦对着电话说:"叫德雷舍先生帮我弄到一对黄水晶搭配祖母绿的夹式耳环。"

另一份报纸,《克里夫兰先驱箴言报》,在休闲类上面有则广告写着:

衣着设计连锁服饰店的顾客请注意

广告说:"如果您在试穿衣服时感染了生殖器疱疹,请拨打下列电话号码加入一宗集体诉讼案。"

然后又是相同的号码。蚵仔的号码。

蚵仔说,在一八九〇年,另一个男人决定扮演上帝。尤金·史弗林(Eugene Schieffelin)在纽约市的中央公园放生了六十只 Sturnus vulgaris,欧洲椋鸟,五十年后,这种鸟已经散布到旧金山。如今,美国有超过两亿只的椋鸟。这一切不过是因为史弗林希望新世界必须涵盖莎士比亚作品中所有提到过的鸟。

蚵仔对着他的电话说:"不会的,先生,您的姓名将绝对保密。"

海伦盖上手机,用戴着手套的手掩住鼻子和嘴巴说:"这是什么臭味?”

而蚵仔将手机贴在衬衫上说:“死掉的大肚鲱。”

他说,自从一九二一年他们重新改造韦兰运河以提供尼亚加拉瀑布周边更高的运输量后,海八目鳗已经入侵到整个五大湖区。这些寄生物种吸取较大鱼类——鳟鱼或鲑鱼——的血,将它们杀害。较小鱼类没有了掠食者,导致它们的数量激增。然后它们将可食用的蜉蝣生物消耗完毕后,便以百万计大量饿死。

“愚蠢贪婪的大肚鲱,”蚵仔说,“是不是让你联想起其他物种?”

他说:“一个物种如果不学会控制自己的数量,就会有其他东西,像是疾病、饥荒、战争,来解决这个问题。”

梦娜透过她的枕头含糊不清地说:“用不着跟他们说。他们不会懂的。”

而海伦打开她身旁座椅上的皮包。她单手打开皮包拿出一支光亮的圆瓶。搭配强力冷气空调,她将口气芳香剂喷在一条手帕上用它盖住鼻子。她将口气芳香剂喷进空调出风口,说:“这和勾魂诗有关吗?”

而我头也不回地说:“你会用这首诗来控制人口数量?”

而蚵仔笑说:“差不多。”

梦娜将枕头放到大腿上说:“这和魔法书有关。”

在手机上按下另一组电话号码,蚵仔说:“如果我们找到它的话,必须由我们所有人共享。”

而我说,我们要销毁它。

“在我们把它读完以后。”海伦说。

蚵仔对着电话里说:“对,我在线上等着。”对着我们大家,他说:“这真的太具代表性了。在这辆车内,我们拥有整个西方社会的权力结构。”

根据蚵仔的说词,“老爸们”拥有一切权力,所以他们什么也不愿意改变。

他指的是我。

而我数着一,数着二,数着三……

蚵仔说所有的“老妈们”享有少许权力,但她们饥渴着要更多。

他指的是海伦。

我数着四,数着五,数着六……

而年轻人,他说,只有极少的权力,甚至没有,因此任何一丁点权力他们都如饥似渴。

蚵仔与梦娜。

我数着七,数着八……而蚵仔的声音喋喋不休,没完没了。

这个安静恐慌症者。这个说话狂。

只有半张嘴微笑着,蚵仔说:“每一个世代都想成为终极世代。”他对着电话说:“对,我想刊登零售显示广告。”他说:“对,我在线上等候。”

梦娜再次将枕头放回脸上。朱红的蛇身与藤蔓延展到每一根手指头的指尖。

旱雀麦,蚵仔说。芥菜。葛藤。

鲤鱼。椋鸟。播种肉。

望着车窗外,蚵仔说:“你有没有想过亚当和夏娃是否只是遭到上帝遗弃的小狗,因为他们学不会大小便的规矩?”

他摇下车窗,臭气吹进车里,那股死鱼的腥臭热风,然后他逆着风大吼说:“也许人类不过是上帝冲进马桶里的宠物鳄鱼。”

24

到了下一个图书馆，我要求留在车上，由海伦与梦娜进去找那本书。她们走了以后，我快速翻阅海伦的行事历。几乎每一天都有一组姓名，有些人的名字我知道。某个香蕉共和国(banana republic)①的独裁者或是组织犯罪的一号人物。每个名字都用一条红线划掉。我把最后几个名字写在一张小纸片上。名字之间有海伦开会的笔记，她的字迹卷起，如同珠宝一样完美。

蚵仔从后座看着我，他双臂交叠枕在脑袋后休息。他的两只光脚丫子交叉抬高架在前座的椅背上，刚好就挂在我的脸颊旁。一只大脚趾上戴了一个银环。脚底长着硬皮，灰色的硬皮已经龟裂、肮脏，而蚵仔说："你偷看老妈的私人秘密鸟事，她会不高

① 香蕉共和国：贬称经济倚赖如香蕉等单一出口作物、政治上且多受控于独裁或武力政权的拉丁美洲小国。

兴的。”

从今天往前读这本行事历，我翻阅了三年的名册，暗杀行动，直到海伦与梦娜走回到停车场。

蚵仔的手机响了，他接起电话说：“杜纳、狄勒与唐恩律师事务所……”

行事历还有一大部分我没机会读。年复一年的书页。在记事本结束之前，还有好几年的空白页等着海伦去填满。

海伦坐进车子里时正打着电话。她说：“不对，我要那只曾属于邹格皇帝（Emperor Zog），阶梯式切磨的海蓝宝石（aquamarine）。”

梦娜坐进后座说：“你们想念我们吗？”她说：“又一首勾魂歌被冲进马桶里。”

而蚵仔将双脚弯曲放在后座上，对着手机说：“疹子会流血吗？”

海伦弹了一下手指要我把行事历递给她。她对着电话说：“对，两百克拉的海蓝宝石。打电话给日内瓦的德雷舍。”她翻开行事历，在今天的日期下写下一组姓名。

梦娜说：“我刚才想，你们认为原本的魔法书可能有飞行的咒语吗？这个我很想要。或者是隐形的咒语？”她从背包中拿出她的对映镜书，然后开始在里面上色。她说：“我也希望能与动物交谈。噢，还有念力传动，你晓得，用我的心念移动物体……”

海伦发动车子然后对着后视镜大声地说：“我正在缝我的鱼。”

她将手机和笔放进她的皮包。她皮包中还有来自梦娜巫师派对的灰色小石头，那颗由女巫给她的石头。当时蚵仔全身光溜溜。

他皱皱的粉红色钟乳石皮肤上穿了一只小银环。

梦娜，同一个晚上，叫做桑树，她背后的两块肌肉，它们分裂成她那两半结实、嫩白的屁股，而我数着一，数着二，数着三……

在下一个小镇，下一座图书馆，我要海伦和梦娜待在车子里跟蚵仔一起等，我进门去找出那本诗集。

这是正午时分的某个小镇图书馆。一个图书馆员坐在借书柜台的后方。最新的报纸嵌在大型精装装订册上，你坐在一个大桌子前读。上了今天报纸的是古斯塔夫·布列南。昨天上报的是某个中东国家的疯狂宗教领袖。两天前，是某个重新上诉的死刑犯。

海伦行事历上的每个人都死于他们姓名入列的日期。

这些新闻之间还有了更糟糕的新闻。今天是丹妮·泰丝特罗。三天前萨曼莎·艾薇昂。一个星期以前是多特·莲恩。她们全都年纪轻轻，她们全都是时尚名模，她们全被人发现一命呜呼，死因不明。更早之前是咪咪·冈萨雷斯，被她男朋友发现气绝死在床上，毫无伤痕，什么都没有。没有留下任何线索，直到今天的解剖报告宣布尸体在死后有遭到性侵害的迹象。

纳什。

海伦走进来说："我饿了。你怎么弄这么久？"

我的名单放在身旁的桌子上。旁边就是一则刊有古斯塔夫·布列南照片的新闻报道。我面前是另一篇报道，登了某个判刑确定为儿童性侵犯加害人的葬礼，我发现他名列海伦的行事历上。

而海伦看了所有的东西一眼后说："所以说你现在知道了。"

她坐在桌缘，她的大腿把腿上的裙子撑得很紧，她说："你想知道怎么控制你的力量，这个呢，对我很管用。"

她说，秘诀在于转变成职业。只为了赚钱才去做某件事的话，就比较不可能免费服务。“你不会以为妓女出了妓院还想要很多性生活吧?”她说。

她说：“你想为什么做房屋装潢的老住没装潢的房子里?”

她说：“你想为什么医生的健康状况都这么差?”

她朝着图书馆大门和外面的停车场挥了挥手：“我没把梦娜杀死一百次的理由就是我每天都杀一个人。而且还有人付我一大笔钱这么做。”

而我问，那么梦娜的想法如何？你为什么不能爱人爱到不想杀死他们，藉此来控制这种力量?

“这跟爱或恨无关。”海伦说。这是关于控制。人们不会坐下来读诗杀死他们的孩子。他们只是希望孩子能安睡。他们只想要主导。无论你有多么爱一个人，你还是想要用你自己的方式去爱。

被虐待狂胁迫虐待狂采取行动。最被动的人才是挑衅者。每一天，你只要活着就代表动植物的苦难与死亡——甚至还有一些人类。“屠宰场、工厂化农场、血汗工厂，”她说，“不管你喜不喜欢，你的钱就是在买这些东西。”

而我告诉她，她听了太多蚵仔的话。

“关键在于蓄意地去杀人。”海伦说道，拿起报纸上古斯塔夫·布列南的照片。凑近眼睛仔细看着，她说：“蓄意地杀害陌生人，这样你才不会无意间杀死你所爱的人。”

建设性的破坏。

她说：“我是个独立作业的受雇人员。”

她是个为了大钻石才动手的国际受雇杀手。

海伦说:“政府每天都在做这件事。”

但政府是在多年的深思熟虑后才依一定程序动手,我告诉她。只有在经过慎重考虑,发现一名犯人过于危险不应被释放之后。或者是杀鸡儆猴。或者是为了报复。好吧,就算说这些程序并非十全十美。至少不是任意行事。

而海伦将手盖在眼睛上将它们遮蔽半晌,然后移开手看着我说:“你以为是谁为了这些小差事打电话给我?”

美国国防部打电话给她?

“有些时候。”她说,“大多数是其他国家,世界上任何国家,但我不干免费的事。”

这就是为什么有那些珠宝?

“我痛恨为了汇率讨价还价,你不会吗?”她说,“除此之外,你每吃一餐就有一只动物送命。”

又是蚵仔。我看我的工作就是要把他跟海伦分开。

而我说,这不一样。人类高于动物。动物被放到这个星球上是为了喂饱与服务人类。人类既珍贵又有智慧又独特,上帝把动物赐给我们。它们是我们的财产。

海伦说:“你当然会这么说,你置身于赢家那一方。”

我说,建设性破坏不是我要寻找的答案。

而海伦说:“抱歉,那是我唯一的答案。”

她说:“我们把书找出来,解决它,然后去杀掉一些可爱的野鸡当作我们的午餐。”

往外走的途中,我向图书馆员询问这本诗集的下落。但书被借出了。关于这个图书馆员的细节是他头上有一条条结霜的灰金色头发，头发用发胶在脸孔上方塑造成一顶牢固的天篷。有点像是一顶灰金色的遮阳帽。他坐在电脑屏幕前的一张凳子上，闻起来是香烟的烟味。他身穿一件高领的毛衣，别着一张写着“西蒙”的塑胶名牌。

我告诉他很多人的性命安危就靠我找到这本书。

而他说，真不幸。

而我说，不对，事实上只有他的性命要靠这本书。

而图书馆员按下一个键盘的按键，说他要叫警察。

“等一下。”海伦说道，她将手在柜台上摊开，她的手指头闪闪发亮，戴满了阶梯式切割的祖母绿以及凸圆形的星彩蓝宝石以及长角阶梯切割的钻石。她说：“西蒙，随你挑。”

而这位图书馆员，他的上唇吸到他鼻子的地方，露出他的上排牙齿。他眨着眼，一次、两次，慢慢的，然后他说：“亲爱的，你那俗气的人妖假货自己留着就行了。”

而海伦脸上的笑容甚至连闪都没有闪一下。

这个男人的眼睛往上翻，他脸上和手上的肌肉垮了下来。他的下巴掉到胸前，整个人往前跌在键盘上，然后翻转滑落到地板上。

建设性破坏。

海伦用价值连城的手转过屏幕，说：“该死。”

即便是在地板上死了，但他看起来仿佛睡着了一样。他满是发胶的大头倒下来时裂了开来。

海伦看着电脑屏幕说：“他切换了屏幕。我需要知道他的密码。”

没问题。老大哥喂给我们所有人相同的狗屎。我猜测他跟其他自以为聪明的人想法一致。我叫她键入“密码”。

25

梦娜将袜子从我脚上脱下来。袜子有延展性的内里，还有布料纤维，将我的结痂物剥了下来。我干硬的血块剥落到地上。我的脚肿胀到所有的皱折都撑开到一片平滑。我的脚，像一颗沾染了红点与黄点的气球。梦娜在脚下放了一条折好的毛巾，倒了些按摩用酒精。

疼痛如此突然，以至于你无法分辨酒精究竟是滚烫还是冰凉。坐在汽车旅馆的床上，我的裤脚卷起，梦娜跪在我脚边的地毯上，我两只拳头抓住床单用力咬着牙。我的背痛起来，每一块肌肉紧紧地隆起好几秒钟。床单冷丝丝的，被我的汗濡湿。

这些水泡贮藏着又软又黄的东西，几乎盖满我的脚底。在一层死皮下面，可以看见每个水泡中都有个又黑又硬的形体。

梦娜问："你到底踩在什么东西上面？"

她用蚵仔的塑胶打火机热着一支镊子。

我问蚵仔在报纸上刊登广告到底要做什么。他为律师事务所工作吗？那些皮肤病和食物中毒的爆发是真的吗？

酒精自我的脚滴下，因溶解的血块而变成粉红色，流到折起的汽车旅馆毛巾上。她将镊子放在湿湿的毛巾上，用蚵仔的打火机热着一支针头。她拿了一条橡皮筋，伸到背后将她的头发扎成一条大马尾。

“蚵仔把它叫做‘反广告’。”她说，“有时候有的店家，真的很有钱的那些，会付钱给他要他取消这些广告。他说他们付多少，就反映出广告的真实性大概有多高。”

我的脚再也无法塞进鞋子里去。今天稍早在车子里，我问梦娜能否帮我看一下。海伦和蚵仔出门买新的化妆品。他们停留在此销毁这条街上一间大型旧书店里的三本诗集。店名叫做图书粮仓。

我说蚵仔做的事情是勒索。是造谣生事。

现在已经接近半夜。海伦与蚵仔到底在哪里，我不想知道。

“他没说自己是律师。”梦娜说，“他没说有诉讼案件。他只是登个广告。其他人将空白填满。蚵仔说他不过是将怀疑的种子播种在他们心里面。”

她说：“蚵仔说这很公平，既然广告向来允诺让你高兴。”

由于梦娜跪着，你可以看见她刺在锁骨上方的三颗黑色星星。你可以看进她的上衣里，越过一片链子与坠饰，她没有穿胸罩，而我数着一，数着二，数着三……

梦娜说：“巫师聚会的其他成员也这么做，但这是蚵仔的主意。他说这个计划是为了暗中破坏众人生活中安全舒适的假象。”

她用针头戳进一个黄色的水泡，有东西掉了出来。一块棕色的小塑胶块，覆满发臭的脓液与血液掉落在毛巾上。梦娜用针头将它翻过来，黄色的脓吸进毛巾里。她用镊子将它夹起来说：“这是什么鬼东西？”

那是教堂的尖塔。

我说，我不晓得。

梦娜，她的嘴巴张开舌头吐出来。她的喉咙在颈部的皮肤里上翻作呕。她一只手在鼻子前挥着，快速眨着眼睛。黄色的脓臭到这种地步。她在毛巾上擦拭着针头。用一只手握着我的脚趾头，用另一只手戳破另一个水泡。黄脓飞溅喷出，在毛巾上的是半根工厂烟囱。

她用镊子夹取后在毛巾上擦拭。她鼻子附近的脸皱缩成一团，她凑近看着它说：“你要不要告诉我到底怎么回事？”

她戳破另一个水泡，一个清真寺的洋葱屋顶掉出来，覆盖着血液与黏液。梦娜用她的镊子从我的脚夹出一个小餐盘。手绘的餐盘画着一圈红玫瑰。

汽车旅馆外，有一辆消防车在街上呼啸而过。

从另一个水泡流出物中掉下来一个佐治亚式银行大楼的三角楣饰。

下一个水泡喷出一个小学的圆屋顶。

流着汗。深呼吸。拳头里紧抓着柔软、汗湿的被单，我咬紧牙关。望着天花板，我说，有人正在对模特儿下毒手。

拔出一根血淋淋的飞扶壁，梦娜说："用踩的吗？"①

而我告诉她，是时尚模特儿。

针头挖着我的脚底内部。针头捞出一根电视天线。镊子捞出一尊滴水兽。然后是屋瓦、小招牌、小石板与排水沟。

梦娜提起臭毛巾的一端，将它折起来露出干净的一面。她倒更多的酒精。

又一辆消防车呼啸经过汽车旅馆。红色与蓝色的灯光闪过窗帘上。

我没办法再深吸口气，我的脚掌烧灼难耐。

我们得，我说。我们得……我们得……

我们得回家，我说，越快越好。如果我想的没错，我必须制止一个利用勾魂歌的男人。

梦娜用镊子挖出一面蓝色的塑胶百叶窗放在毛巾上。她拔出一条卧室窗帘的碎片，育婴室的黄色窗帘。她拔出一整面的篱笆，在我的脚上倒了更多的酒精，直到滴下的液体变成透明。她用手掩住鼻子。

另一辆消防车呼啸而过，而梦娜说："你不介意我把电视打开，看看到底怎么回事吗？"

我朝着天花板张大了嘴，我说，我们不能……我们不能……

如今跟她单独在一起，我说，我们不能信任海伦。她只想得到魔法书来控制全世界。我说，解决拥有过多力量的方法并非获取

---

① 这里"对模特儿下毒手"原文是"killing models"。model 这个字也是模型的意思，因此梦娜以为是"破坏模型"的意思，其实刚好说中了实情。

更多的力量。原版的影子之书我们不能让海伦到手。

梦娜以慢到我无法看到她在移动的速度，从我的大脚趾下方一洼血淋淋的凹洞拉出一根有凹槽的爱奥尼亚式廊柱。如同钟表的时针一样缓慢。这是博物馆还是教堂还是大学的廊柱，我已经不记得。所有这些破碎的家庭与报废的体制机构。

与其说她是外科医生，还不如说她是个人类学家。

而梦娜说："真有意思。"

她将廊柱与其他支离破碎的残骸并列在毛巾上。皱着眉头，拿着镊子往我的脚底靠过来时，她说："关于你，海伦也跟我说了同样的话。她说你只想摧毁魔法书。"

它应该被摧毁。没有人能应付这种力量。

电视上是一栋砖造楼房，三层楼高，火苗从每一扇窗户蹿烧出来。消防员瞄准了水管以及羽毛般的白色弧形水柱。一个拿着麦克风的年轻人入镜，在他背后，海伦与蚵仔正在观看火灾，他们的头靠在一起。蚵仔手里拿着一只购物袋。海伦握着他的手。

梦娜举起按摩酒精的瓶子，查看还剩下多少。她说："我真的想要成为的是一名神使，我只要碰触人们，他们就会痊愈。"

读着瓶子的标签，她说："海伦告诉我，我们可以让世界变成乐园。"

我在床上坐起身子，用手肘撑起我的身体，我说，海伦为了钻石皇冠杀人。海伦是这一种救星。

梦娜在毛巾上擦拭着镊子与针头，沾染上更多红色与黄色的污渍。她嗅着那瓶酒精说："海伦认为你不过是想利用这本书写篇新闻报道。她说一旦所有的咒语——包括勾魂咒语——都被摧毁后，你就可以跟所有人吹嘘自己是英雄。”

我说，核武器已经够糟了。还有化学武器。我说，让某些人拥有魔法不会使世界更美好。

我告诉梦娜，要是那一天真的来临，我需要她的帮忙。

我说，我们或许得把海伦给杀了。

而梦娜对着汽车旅馆毛巾上的血腥残骸摇着头。她说：“所以你解决杀戮的办法就是更多的杀戮？”

只有海伦，我说。也许还有纳什，如果我对于时尚名模之死的推测正确的话。等我们把他们给杀了，我们就能回归正常生活。

在电视上，拿着麦克风的年轻人说，这场三级大火使得市中心大部分的区域瘫痪。他说，整栋楼房都陷于火海。他说，这是本市最受喜爱的机构之一。

梦娜说：“蚵仔不喜欢你那种正常生活的想法。”

这栋烈焰腾天的建筑，正是图书粮仓。在它背后，海伦与蚵仔早已消失无踪。

梦娜说：“在侦探小说中，你想我们为什么都支持侦探赢？”她说，也许这不只是为了报复或者为了制止杀戮。或许我们真的想要看到杀手获得救赎。侦探是杀手的救星。试着想象假使耶稣到处追着你，试图抓住你，拯救你的灵魂。不仅是个有耐心的被动上帝，而是个勤劳、积极的侦探。我们希望罪犯在审判时认罪。我们要他在法庭上曝光，受到同侪的围绕。侦探就是牧者，而我们要罪犯回到畜栏中，回到我们的身旁。我们爱他。我们思念他。我们要拥抱他。

梦娜说：“也许这就是为什么有这么多女人与牢里的杀人犯结

婚。为了帮忙治疗他们。”

我告诉她,没有人会思念我。

梦娜摇着她的头说:“你晓得,你和海伦差不多就像我的父母亲。”

梦娜。桑树。我的女儿。

扑通一声倒在床褥上,我问,这怎么说?

梦娜从我的脚底拔出一扇门,说:“就在今天早上,海伦告诉我也许她得杀了你。”

我的寻呼机响起。是个我不认识的号码。寻呼机上面写着非常重要。

梦娜从我脚上血淋淋的凹洞里挖出一扇彩绘玻璃。她将彩绘玻璃举起让天花板的灯光穿透彩色的小框,她望着小窗说:“我比较担心蚵仔。他有时候不说实话。”

接着汽车旅馆房间的门铃响起,然后倏然洞开。门外的警报器。那些电视上的警报器。那些闪烁的红光与蓝光在窗帘上抽动流过。就在此时海伦与蚵仔跌撞进门,笑闹喘息着。蚵仔甩着一袋的化妆品。海伦手里提着她的高跟鞋。他们俩闻起来满是威士忌和香烟的气味。

26

想象一场透过耳朵感染的瘟疫。

蚵仔和他拥抱绿树生态的屁话，他的生物入侵、似是而非的屁话。他讯息中的病毒。从前对我来说是一片美丽蓊郁苍林的东西，如今是英格兰常春藤将其他一切窒息至死的一场悲剧。椋鸟这美好闪亮的黑色飞禽，唱着它们慑人的哨曲，它们掠夺了数百种本土鸟类的巢穴。

想象一个念头盘踞你的心，如同军队占据一座城邑。

如今车子外面是美利坚。

> 噢，满天飞舞的美丽椋鸟，
> 越过狗什草的琥珀浪涛，
> 噢，紫色的马鞭草丘壑，
> 耸立在腺鼠疫肆虐的平原上。

美利坚。

一场意念的围城。一项生命的巧取豪夺。

听信蚵仔的话之后，一杯牛奶不再是搭配巧克力饼干的好喝饮料而已。它是母牛被迫滞留在怀孕状态，打入大量的荷尔蒙。它是无可避免生下的小牛，存活短暂悲惨的几个月后，被塞进小牛肉箱。猪排代表一只猪受到宰杀放血之际，脚上用绳圈吊起，在被分割成排骨烤肉还有油脂时，尖叫而死。甚至连一枚水煮蛋，也是一只只双脚被废的母鸡关在只有四英寸宽的多层鸡笼中，狭窄到它无法举起翅膀，而母鸡暴怒到它的喙必须被剪除，以免它攻击两旁同样受困的母鸡。由于它的羽毛被鸡笼摩擦脱落而它的喙被剪去，再加上它的骨头因为下了一枚又一枚的鸡蛋而耗尽钙质，以至于它们被送到屠宰场时等于已经粉身碎骨。

这就是鸡汤面罐头里的鸡肉，这些蛋鸡，这些母鸡因为有太多外伤与疤痕，所以必须绞碎烹煮，因为没有人会跟肉贩买这种鸡。这就是热狗里的鸡肉。还有炸鸡块。

蚵仔全在说这些。这是他的资讯瘟疫。这就是我听广播的时候，会转到乡村音乐与西洋音乐。转到棒球。什么都行，只要够大声够久，好让我假装我的早餐三明治不过是个早餐三明治。一只动物不过是一只动物。一枚蛋不过是一枚蛋。乳酪不是受苦的小牛。吃饭是我身为人类天经地义的权利。

老大哥在此唱歌跳舞，让我为了自己好不用去想太多。

今天的本地报纸上，又登了一个死掉的时尚名模。里面有一则广告说：

流星动物农庄的顾客请注意

上面写着:“要是您新养的狗将具有感染力的狂犬病散播给府上的儿童的话,您便有资格加入一宗集体诉讼案。”

驾车行经曾经美丽、自然的乡间,吃着曾经是鸡蛋三明治的东西,我问他们为什么不能把他们本来在图书粮仓寻找的那三本书买下来就好。蚵仔与海伦。或者把那几页偷走,把书留下。我说,我们这趟旅程的目的就是让其他人将来不会焚书。

“别紧张,”海伦开着车说,“那家店有三本诗集。问题是他们不知道在哪里。”

而蚵仔说:“它们全摆错书架了。”梦娜的头枕着他的大腿睡着了,他正将梦娜一条条发丝剥成一束又一束的红发与黑发。“这是唯一让她入睡的方法。”他说,“只要我不停手,她可以睡上一辈子。”

不管为了什么原因,我妻子浮上脑海,我妻子与我女儿。

因为警报器和消防车什么的,我们整晚清醒。

“图书粮仓那地方跟老鼠繁殖场差不多。”海伦说道。

蚵仔将文明的碎块编进梦娜的头发中。从我脚掌上掉出来的物件,破碎的廊柱还有阶梯还有避雷针。他拆散她纳瓦侯捕梦网,将易经铜板与玻璃珠与绳索编进她的头发。那些复活节色调的蓝色与粉红色羽毛。

“我们花了一整晚翻找。”海伦说,“我们检查儿童图书区的每一本书。我们找了科学区。我们查了宗教区。我们查了哲学区。诗歌区。民间故事区。我们查了民族文学区。我们一直查到小说区。”

而蚵仔说：“那些书在他们电脑的清单上，但遗失在店里的某个地方。”

所以他们放火烧了整家店。为了三本书。他们放火烧了成千上万的书，以确保这三本书被消灭。

“这似乎是我们唯一实际的选择。”海伦说，“你知道这些书的能耐。”

无论为了什么原因，索多玛（Sodom）与蛾摩拉（Gomorrah）①浮现脑海。连上帝都说只要还有一个好人住在城里，他就能赦免整座城。

这里刚好相反。成千上万遭受杀戮就为了摧毁少数。

想象一个新的黑暗时代。想象焚书之举。所有的影带影片和档案，收音机以及电视机，全都进了相同的篝火。

我们究竟是在防范这世界还是创造它，我不知道。

电视上说，火灾后发现有两名警卫葬身火窟。

“事实上，”海伦说，“他们早在火灾前就死了。我们需要些时间泼洒汽油。”

我们为了救人去杀人?

我们为了救书而焚书?

---

① 旧约圣经中的故事。上帝认为索多玛和蛾摩拉（均位于现今死海南端）被道德败坏且罪恶深重的人群占据，所以，上帝告诉亚伯拉罕他要毁掉这两个城市。亚伯拉罕替居住在城市的人求情，上帝于是同意，如果能在城市里找到十个清白的人，他就宽恕这两座城。上帝派了两个天使去考察索多玛，天使受到索多玛最后一个清白人的热情款待，他是亚伯拉罕的侄子罗得。但索多玛的居民却来到罗得门前，要他交出这两位陌生人。最后天使让罗得和他的家人离开这座城市，然后上帝放火将索多玛与蛾摩拉烧成灰烬。

我问，这趟旅程变成了什么样子？

“这趟旅程一向的样子。”蚵仔说道，将一些头发穿过易经铜板，“这是一趟巧取豪夺之旅。”

他说：“老爹，你想保住世界原来的样子，只有你大权在握。”

他说，海伦也要同一个世界，但只有她大权在握。每一个世代都想成为最后一代。每一个世代都憎恨下一个他们无法理解的音乐潮流。我们痛恨放弃我们这一代文化的驾驭者。发现我们的音乐竟然在电梯里播放。我们这一代革命的歌谣，竟变成电视广告的背景音乐。发现我们这一代的服饰与发型突然间成了复古。

“我呢，”蚵仔说，“我全力支持除旧布新，无论书或人，另起炉灶。我支持让无名小卒掌握大权。”

让他和梦娜担任新的亚当与夏娃？

“不行。”他说，拨开梦娜睡脸上的头发，“我们也得消失。”

我问，难道他真的这么痛恨人类，连他心爱的女人都要杀掉？我问，他何不解决他自己就好了？

“不。”蚵仔说，“我不过是一视同仁去爱。植物，动物，人类。我只是不相信我们可以继续开花结果、繁荣昌盛而不会自毁这个天大的谎言。”

我说，他是自身族类的叛徒。

“我是他妈的忠臣义士。”蚵仔说道，望着他的窗外，“勾魂歌是老天爷的赐福。你以为它一开始怎么会被创造出来？它使数百万的人免于缓慢而可惧的死亡。我们发自疾病，发自饥荒、干旱，发自太阳辐射，发自战乱，发自一切所在的死亡。”

这么说他愿意杀死自己与梦娜？我问，那么他父母亲呢？他也会把他们给杀了吗？还有那些还没多少机会过生活的小生命呢？其他那些珍惜自然并注重回收利用的良善、勤奋的人们呢？素食者呢？他们在他心中不是无辜的吗？

“这与罪恶或清白无关。”他说，“恐龙在道德上并非良善或邪恶，但它们全死光了。”

这种想法让他成了鲁道夫·希特勒。连环杀人犯。大屠杀凶手。

将一扇彩绘玻璃窗编进梦娜的头发中，蚵仔说：“我想成为杀死恐龙的人。”

我说，我拒绝跟一个想成为大屠杀凶手的人进一步交谈。

而蚵仔说：“那莎拉医生是怎么回事？老妈？帮我一下。老爹还杀了多少人？”

而海伦说：“我正在缝我的鱼。”

随着蚵仔打火机的声响，我转头问，他一定得抽烟吗？我说，我正在吃东西。

然而蚵仔拿的是梦娜那本有关原始手工艺的书《传统部落业余手工艺》，他将书摊开放在打火机上，在小火苗上扇动着书页。他将窗户打开一个小缝，把书塞了出去，让火苗在他扔下书本前，在疾风中爆散开来。

旱雀麦狂爱野火。

他说：“书本有时邪恶得很。桑树必须发明她自己的灵修方式。”

海伦的电话响起。蚵仔的电话响起。

梦娜叹口气伸展着双臂。她依然闭着双眼，蚵仔的手仍在她的发间挑拣，他的电话依然响着，梦娜往蚵仔的大腿内摩挲着她的头说：“或许魔法书中会有抑制人口过剩的咒语。”

海伦将行事历打开到今天的日期，写下一组姓名。她对着电话说：“不必费心找人驱邪。我们可以马上让这栋房子上市转手。”

梦娜说：“你晓得，我们需要某种全球通用的‘阉割咒语’。”

而我问，这里难道没有人担心下地狱吗？

而蚵仔从他的药草袋中拿出他的电话。

他的电话响了又响。

海伦将她的手机放在胸前说：“别这么快就以为政府没有着手研究某种厉害有效的传播方式，好来抑制人口过剩。”

而蚵仔说：“为了拯救这世界，耶稣基督在十字架上受苦受难约三十六小时。”他的电话响了又响，他说：“为了相同的理念，我愿意在地狱无穷无尽地受苦。”

他的电话响了又响。

海伦对着她的电话说：“真的？你的卧室闻起来有硫磺味？”

“哪个救星比较好，你自己去想。”蚵仔说道，然后打开他的手机。他对着手机说：“邓巴、唐纳威与杜庚律师事务所……”

27

想象一下，假使一八七一年的芝加哥大火延烧了六个月才有人注意到。想象假使一八八九年的约翰城大水或者一九〇六年的旧金山大地震①持续了六个月、一年、两年，才有人去关切。

木造的建筑物，断层带上的建筑物，泛滥平原上的建筑物，每个时代都创造出自己的“自然”灾害。

想象一场发生在任何主要城市市中心的墨绿洪灾，办公室与住宅大厦一寸一寸被淹没。

如今，此时此刻，我写自西雅图。一天、一个礼拜、一个月过后。谁知道事情已经过了多久。探长与我，我们依旧进行着猎巫

① 旧金山大地震，一九〇六年四月十八日，美国旧金山发生强烈大地震，地震引发大火连烧三天，绵延数英里的大火将大部分濒临倒塌的建筑烧毁，有千人被烧死或砸死，有几十万人无家可归。

行动。

Hedera helixseattle，植物学家如此称呼这种新品种的英格兰常春藤。也许是栽种者沿着奥林匹克选手广场种下一个星期后，它们看起来有些繁殖过剩。常春藤推挤着三色堇。些许藤蔓已经扎根于砖造外墙的边缘，并向上攀爬。没有人留意。最近一直下着雨。

没有人留意，直到有天早晨公园长青住宅中心的居民发现他们的大厅被常春藤封死。就在同一天，**佛莱蒙剧院**面南三英寸厚的砖块水泥外墙被包围变形，关住了整个剧院里满座的观众。就在同一天，部分的地下购物商场巴士通道坍塌。

没有人能确切指出 *Hedera helixseattle* 开始扎根是什么时候，但是你差不多可以推算出来。

查阅《西雅图时报》的旧报纸，五月五日的娱乐版上有一则广告。三栏宽的广告上写着：

神谕寿司宫殿的顾客请注意

上面写着："如果您经历由肠道寄生虫所引起的严重直肠瘙痒，您将有资格加入一宗集体诉讼案。"然后提供了一个电话号码。

我，跟探长在一起，我打了这个电话。

一个男人的声音说："丹顿、戴姆勒与狄克律师事务所。"

而我说："蚵仔？"

我说："你在哪里？你这个小混球？"

电话断了线。

此地此刻，在西雅图写下这些，就在公共工程部拒马外面的便餐店中，一个女服务生告诉探长和我："他们现在不能杀死这些常春藤。"她又帮我们倒了些咖啡。她望向窗外的绿墙，爬满肥厚的灰色藤蔓。她说："这是维系着这部分市区唯一的东西。"

在藤蔓与枝叶这片罗网的内部，砖块正弯曲变形位移。裂缝使得水泥开始粉碎。窗户被挤压到玻璃破裂。门扉因门框过度扭曲而无法开启。鸟儿在高耸矗立的绿色峭壁里飞进飞出，食用常春藤籽，将它们到处排泄。一条街外，街道已经成了绿色的峡谷，柏油路与人行道掩埋在一片惨绿中。

报纸称之为**"绿色威胁"**。与杀人蜂对等的常春藤。**常春藤炼狱**。

无声，无法扼止。文明的末日在慢动作中来临。

这个女服务生，她说每次市府人员剪除这些藤蔓，或者以喷火器加以焚烧，或者下毒——甚至是赶来侏儒山羊啃食它——常春藤根茎便扩散开来。根茎使隧道坍方。它们切断地下缆线与输送管。

探长拨着寿司广告上的号码，一次又一次，但电话线始终寂若死灰。

女服务生望着已然爬过街道的常春藤触角。再过一个星期，她就要失业了。

"国民警卫队向我们保证他们会有效围堵。"她说。

她说："我听说如今波特兰也长了这种常春藤。还有旧金山。"她叹了一口气说："这里肯定要沦陷了。"

28

男人打开他的前门，我和海伦站在他的前廊上，我提着海伦的化妆箱，站在她后头半步，而海伦指着食指上粉红色的长指甲说："噢，上帝。"

她将行事历夹在一只手臂下说："这是我先生。"然后她退了一步："我先生要为您见证主耶稣基督的应允。"

海伦的套装是黄色，但不是金凤花的那种黄。比较像是卡尔·法贝杰(Carl Fabergé)①用黄金与黄水晶镶嵌而成的金凤花。

这个男人拿着一瓶啤酒。他穿着灰色的运动袜，没穿鞋子。他的浴袍在前面敞开，里面穿着一件白色 T 恤与上面有小跑车图

① 源起自法国的法贝杰家族是代代相传的金匠，后来移民至俄国。卡尔·法贝杰生于一八四六年，继承了父亲于圣彼得堡的珠宝店后，由于杰出的手艺，成为沙皇的御用金匠。一八八五年，卡尔用陶瓷与珠宝为当时的沙皇亚历山大三世打造第一只复活节彩蛋，这就是后来著名的俄国彩蛋。

案的四角裤。他一只手将啤酒瓶口塞进嘴里。他的头往后仰，气泡在酒瓶中升起。小跑车有着向前倾斜的椭圆形轮胎。男人打了个嗝，说："你们是玩真的吗？"

他黑色的头发垂在布满皱纹的科学怪人般前额上。他有一对猎狗般悲伤松垂的双眼。

我伸手向前握住他的手，我问，席亚拉先生吗？我说，我们来这里分享上帝爱的喜悦。

跑车男皱起眉头说："你们怎么会知道我的名字？"他斜眯着眼睛望着我说："是邦妮要你来跟我谈的？"

海伦弯身越过他，往客厅里看。她迅速打开皮夹拿出一对白手套，开始将手指头塞进去。她将两只手套口的小纽扣扣上，说："我们可以进来吗？"

事情本来应该比这容易一点的。

B计划，如果我们发现在家里的是男人，我们就采用B计划。

跑车男将啤酒酒瓶放进嘴里，他长满胡茬的脸颊吸着酒瓶把酒灌进去。他的头往后仰，剩余的啤酒冒着泡泡消失无踪。他退到一旁说："好，坐吧。"他看了自己的空酒瓶然后说："要我帮你拿瓶啤酒吗？"

我们踏进门，他走进厨房。传来一声打开瓶盖的气泡嘶嘶声响。

整个客厅里只有一张躺椅。牛奶箱上放了一台便携式电视机。在玻璃拉门外，可以看见一座露台。露台远处边缘排了一排绿色的花盆，积了满满的雨水，腐烂发黑的花已经弯了，从花盆里掉出来。黑色枝茎上腐烂变黄的玫瑰花长满毛茸茸的灰色霉菌。

绑在一束花束上的是一个黑色宽缎带蝴蝶结。

客厅里的粗毛毯上，有一组沙发留下的轮廓痕迹。有一个中式储藏柜留下的轮廓，还有桌脚和椅脚曾经放在那儿的小小凹痕。那里还有个大方块把地毯都压平。它的样子看起来十分眼熟。

跑车男在躺椅前对我挥着手说："坐下。"他喝下一些啤酒然后说："坐，我们来谈谈上帝到底什么样子。"

地毯上那个压平的大方块，是婴儿游戏床留下来的痕迹。

我问他我太太可否借用他的浴室。

他朝着一旁斜点了头，看着海伦。他用空着的手，搔了搔颈背说："当然了。在走廊尽头。"然后挥着他的啤酒瓶。

海伦看着啤酒泼溅在地毯上，说："谢谢。"她把夹在她腋下的行事历交给我，说："万一你有需要的话，圣经在这里。"

她满载政治箭靶与房地产交易的行事历。好极了。

书上还有她腋下的余温。

她消失在走廊上。浴室的风扇声响起。某扇门关上。

"坐。"跑车男说道。

我坐下来。

他站在我身旁靠得很近，以至于我不敢打开行事历，怕他会看出这不是真的圣经。他闻起来像啤酒与汗味。小跑车与我的视线等高。椭圆形的轮胎斜倾着好让它们看起来跑得更快。这个男人又喝了口啤酒，然后说："跟我谈谈上帝。"

躺椅闻起来像他的味道。是金色天鹅绒布做的，扶手的地方因为脏污呈深褐色。椅子还是暖的。而我说上帝是个崇高的硬派道德家，他拒绝接受除了坚毅不移正直行为之外的任何事情。他是正直准则的堡垒，是一座明灯，闪耀着自身的光芒以揭露这个世界之邪恶不义。上帝永远长存我们的心灵，因为他自己的灵魂如此坚强并且如此——

“放屁。”这个男人说道。他转身，走到露台门前向外看。他的脸反射在玻璃上，只有他的眼睛，他长满深色胡茬的下颚隐没在阴影中。

我以最像电台传教士的声音，宣扬上帝是道德的衡量标准，数以百万的人们必须藉之衡量自己的生命。他是火热的宝剑，派遣到凡间引领罪人们远离为恶者——

“放屁！”男人朝着玻璃门上自己的倒影大吼。啤酒喷沫流下他倒映的脸孔。

海伦站在走廊门口，一手放在嘴上，咬着她的指关节。她看着我耸了耸肩。她又消失在走廊上。

坐在金色天鹅绒布的躺椅上，我说上帝是充满无与伦比之力量与影响力的天使，是他周遭世界的良知，这个充满罪恶与残酷意图的世界，这个隐——

用几乎是耳语的声音，男人说：“放屁。”他呼出气息的薄雾拭去了他的倒影。他转身望着我，用他的啤酒瓶指着我说：“读读看你的圣经上面哪里有写怎样让事情好转。”

海伦用红色皮革装订的行事历，我打开一个小缝往里面瞄。

“告诉我怎么跟警察说我没有杀人。”男人说道。

记事本上的名字是雷尼·欧图尔，日期是六月二号。无论他是谁，他已经升天了。九月十号，上头写了撒玛拉·安皮尔希。八月十七号，海伦成交一栋位于葛登纳丘陵路的房子。这一条，还有她杀了同加共和国(Tangle Republic)的暴君国王。

“读出来!”跑车男吼叫。他手中的啤酒冒着泡泡溢到手指头,滴落到地毯上。他说:“读给我听听看哪里说了我会在一夜之间失去一切然后别人还说是我的错。”

我瞄了一眼行事历,里面是更多死人的名字。

“读啊。”男人说道,然后喝着他的啤酒,“你读读看哪里写了做妻子的可以控诉丈夫杀了他们的孩子,而且每个人都还相信她的话。”

十年的行事历,笔迹已经褪色且难以辨认。书页已经僵硬污脏。在那之前,有人撕去了最早的页面。

“曾经我请求上帝。”男人说道。他对着我摇着啤酒瓶说:“我请求上帝给我一个家庭。我上教堂。”

我说上帝不是一开始就对每个向他祈祷的人加以抨击与苛责。我说,或许是年复一年听到相同的祈祷,倾诉意外怀孕,倾诉离婚,倾诉家庭口角。或许是因为上帝的信众成长而更多的人对他提出要求。或许是他得到太多的赞美。或许权力使人腐败,但他并非向来就是个浑球。

而跑车男说:“听好。”他说:“过两天我就得上法院决定我是否将因杀人罪被起诉。”他说:“你告诉我上帝要怎么拯救我。”

他的鼻息全都是啤酒的味道,他说:“你告诉我。”

梦娜会要我说实话。为了拯救这个男人。为了拯救我和海伦。为了让我们与人性重新结合。也许这个男人与他的妻子能够团圆,但这样一来这首诗便会外泄。数百万人会送命。其他人会存活在无声的世界中,只听他们认为安全的东西。塞住耳朵,焚烧书本、电影、音乐。

某处传来马桶冲水的声音。浴室的风扇停了。门打开。

男人将啤酒瓶放进嘴里,气泡在瓶里咕噜咕噜窜升。

海伦出现在走廊门口。

我的脚在痛,我问,他有没有考虑过培养一项嗜好?

也许某项能在坐牢时从事的嗜好。

建设性破坏。我确信海伦会赞同这份牺牲。判一个无辜男人有罪,使数百人免于一死。

你看,每一只实验室的动物送掉小命以挽救一群癌症病患。

而跑车男说:"我想你们最好走吧。"

出门往车子走,我把行事历交给海伦,跟她说,你的圣经在这里。我的寻呼机响起,是一个我不认识的号码。

她的白手套又黑又脏,她说她将勾魂歌那一页撕碎后丢到育婴室的窗外。现在下着雨。碎纸片会腐烂。

我说,这样不够。可能会被某个小孩发现。尤其是因为纸被撕碎,就会让人想将它重新拼起来。某个调查婴儿死因的警察,说不定。

而海伦说:"那间浴室简直是一场噩梦。"

我们将车子开过转角停放。梦娜在后座涂鸦。蚵仔在讲电话。接着海伦在车子里等着,我则弯低身子走回那栋房子。我闪身到屋子后方,湿漉漉的草皮浸透我的鞋子,直到我来到海伦说的育婴室窗户下。窗子还开着,窗帘的底部露了一点出来。粉红色的窗帘。

撕碎的纸片散落在泥泞地上,我开始将它们捡起来。

窗帘后，空房间里，你可以听见门打开的声音。一个人的身影从走廊进门，我蹲伏在窗下的泥泞中。一只男人的手放上窗台，所以我拉回身体平贴在屋子墙壁上。在我看不见的头顶上方某处，有个男人开始哭泣。

雨下得更大了。

男人站在窗边，双手放在打开的窗台上。他哭得更大声。你可以闻到他体内的酒气。

我，我不能跑。我不能站起来。用双手紧掩口鼻，我蹲伏在几英寸之外，紧贴着地基，无处藏身。就像打个冷颤那么快速地向我袭来，我在指间呼了口气，也开始哭了起来。跟作呕一样强烈地啜泣着。我的肚子痉挛。我的牙齿咬进掌心里，鼻涕喷到我手上。

男人使劲吸了吸鼻子，鼻涕呼哧呼哧地响着。雨下得更大，雨水从鞋带渗进我的鞋子里。

诗歌的碎纸片在我手里，我手中握着生杀大权。但我什么也不能做。还不行。

也许你不是因为你所做的事情下地狱。也许你是因为你没做的事情下地狱。

我的鞋里灌满冷水，我的脚不再疼痛。我的手因为鼻涕和眼泪而滑溜溜的，我伸手关掉寻呼机。

等我们找到魔法书时，要是里面有让死人复生的方法，或许我们不用把它烧掉。不用立刻就烧掉。

29

警方的报告上没说，我太太吉娜在我那天早上醒来时摸起来有多么温香。没说她在床单底下摸起来有多柔和而温暖。没说当我在她身边翻身时，她的身体翻转仰卧，她的秀发在枕头上散开成扇状。她的头稍稍向一边的肩膀倾斜。她早晨的肌肤闻起来有暖香，看起来就像你蜜月旅行时去的海边高级餐厅里头，阳光舞动在雪白桌布上的模样。

阳光穿透蓝色的窗帘，使得她的肌肤泛着蓝光。她的嘴唇也泛蓝。她的睫毛在双颊上横陈。她的嘴唇有一抹淡淡的微笑。

还半睡半醒，我将手伸到她颈子底下扶正她的头，然后亲吻她。

她的颈子与肩膀如此顺从放松。

依旧吻着她温暖、放松的嘴唇，我将她的睡衣往上拉到腰间。

她的双腿滑开来，我的手感受到她的体内松软而潮湿。

在被单下，我的双眼闭合，将舌尖往内探。

用我湿润的指尖，我拨开她柔滑的粉红色边缘，更深入向内舔舐。气流在我的体内吸进呼出。随着每一次呼吸的顶点，我的嘴往上在她身上攀爬。

头一次，凯特琳整晚酣睡，不哭不闹。

我的嘴爬上吉娜的肚脐眼。爬上她的乳房。我一只湿润的手指在她的嘴里，另一只手的手指轻拂她的乳头。我的嘴含住她另一边乳房，我的舌舔弄着嘴里的乳尖。

吉娜的头颓向一侧，我舔着她的耳背。我用髋部推开她的双腿，我进入她身体里面。

她脸上淡淡的微笑，她的嘴在最后一刻张开的样子，她的头深深没入枕头中，她如此平静安详。那是我们自凯特琳出生以来最美好的一次。

片刻过后，我溜下床淋浴。我蹑手蹑脚地穿上衣服，然后轻声将卧室的门在背后关上。在育婴室里，我亲吻凯特琳的头侧。我检查了一下她的尿布。阳光透过她黄色的窗帘洒入。她的玩具和书。她看起来如此的完美。

我感到如此的幸福。

那天早晨，世界上没有人比我更幸运。

此时，开着海伦的车，她在我身旁的前座上睡着了。今晚，我们身在俄亥俄州还是爱荷华州或者爱达荷州，梦娜在后座上睡着了。海伦粉红色的头发枕在我的肩上。梦娜瘫躺在后视镜中，瘫躺在她的彩色笔与书本中。蚵仔睡着了。这是我此刻拥有的人生。无论境遇好坏，无论贫富贵贱①。

那是我最后一天真正的好日子。直到下班回到家里，我才明白真相。

吉娜依旧以相同的姿势躺着。

警方的报告上会称之为死后性交。

纳什浮现脑海。

凯特琳安静依旧。她头部的下方已经变成深红色。

尸斑。氧化性血红素。

直到我回到家，才明白自己干了什么好事。

此时，停驻在海伦大型房地产经纪人轿车的皮革气味中，太阳正从地平线升起。此时此刻一如当时的那一刻。我们在一棵树下停车，在一个盖着小房屋的社区，沿途种满树木的街道上。这是某种会开花的树，整夜，粉红色的花瓣飘落在车上，附着在露珠上。海伦的车粉红得跟游行花车一样，覆满了花朵，而我只能从挡风玻璃上花瓣没盖住的一个小洞里监看外面。

透过层层花瓣洒入的晨光是粉红色的。

玫瑰色。落在海伦与梦娜与蚵仔身上，沉睡着。

街区另一头，一对老夫妇正在整理地基周围的花床。老先生在水龙头前装填水壶。老太太跪着拔草。

我将寻呼机打开，它马上开始哔哔作响。

海伦猛然惊醒。

---

① 这里的原文是"For better or for worse. For richer, for poorer"，这是基督教结婚典礼誓辞中的一段。

寻呼机上的号码，我不认识。

海伦坐起身子，眨着眼睛看着我。她看着手腕上闪亮的小巧腕表。她另一侧的脸上有深红色的凹痕，是她睡在垂坠祖母绿耳环上的地方。她看着覆盖在窗户上的那层粉红色。她将双手粉红色的指尖插进头发中，使头发蓬松，说："我们在哪里？"

有些人依旧以为知识就是力量。

我告诉她，我不知道。

30

梦娜站在我的手肘前。她拿着一本摊开的精美广告手册，将它推到我面前，说："我们能不能去这里？求求你？只要几个小时就好？拜托？"

广告手册上的照片展示人们手举在半空中惊声尖叫，坐在云霄飞车上。照片展示人们绕着用旧轮胎围起来的跑道开小赛车。更多的人吃着棉花糖，骑着旋转木马。其他人被锁在摩天轮的椅子上。沿着广告手册最上方有一排字写着：欢笑乐园，合家欢福地。

只不过在四个字母 a[①] 的地方换了四张哈哈大笑的小丑脸。爸爸、妈妈、儿子、女儿。

---

① 欢笑乐园，合家欢福地，原文为 LaughLand, The Family Place。

我们还有八十四本书必须解除威胁。还有全国各地好几打的大小乡镇图书馆。然后还得找到魔法书。还得让人们从死里复活。或者阉割。或者将所有的人类杀光，端看你问的是谁。

我们有这么多的事情要解决。才能回归上帝身边，如梦娜所说。这才能打平。

先哲会说，我们将所有的动物与植物变成我们的敌人，用来将杀害它们合理化。

今天的报纸上说，一名时尚名模的丈夫因涉嫌谋杀遭到监禁。

我站在一个小镇图书馆外的公用电话前，海伦与蚵仔在里面破坏另一本诗集。

电话里一个男人的声音说："重案组。"

我对着电话说，您哪位？

这个声音说："我是班·丹顿警官，重案组的班·丹顿。"他说："您哪位？"

一个警官。梦娜会说他是我的救星，被派来将我送回放牧人类的栏圈中。这是过去几天以来不停出现在我寻呼机上的号码。

梦娜将广告手册翻页说："你看嘛。"编织在她发中的是破碎的风车与火车栈桥与电台铁塔。

照片展示满脸微笑的儿童受到小丑的拥抱。展示父母亲手牵手在散步，搭乘小艇通过爱的隧道。

她说："这趟旅行不必都在工作。"

海伦从图书馆中走出来，开始走下门口的阶梯，而梦娜转身奔向她说："海伦，史崔特先生说可以。"

而我将公用电话的话筒贴在胸前说，我没说可以。

蚵仔吊车尾，在梦娜手肘后方一步。

梦娜将广告手册举到海伦面前说："你看真的很好玩。"

电话里，丹顿警官说："您哪位？"

牺牲一名穿跑车四角裤的可怜人没关系。牺牲一名穿印有小鸡图案围裙的年轻女人没关系。不告诉他们真相，任由他们受苦。也可以牺牲某个时尚名模的鳏夫。但是要牺牲我来挽救数百万人则完全是另一回事。

对着电话，我报上自己的名字，史崔特，还有他打过我的寻呼机。

"史崔特先生。"他说，"我们要请你过来接受调查。"

我问，关于什么事？

"我们何不见了面再谈？"他说道。

我问是不是跟一宗死亡案件有关。

"你什么时候可以过来？"他说。

我问是不是有关一系列死因不明的死亡案件。

"越快过来越好。"他说。

我问这是不是因为其中一个被害人是我楼上的邻居还有三个是我的编辑。

而丹顿说："你说不是吗？"

我问这是不是因为我在另外三个被害人死亡前一刻，在街上路过他们。

而丹顿说："这对我来说倒是新闻。"

我问这是不是因为我距离死于第三大道酒吧里那个留着络腮胡的年轻人只有一步之遥。

“啊哈，”他说：“你是指马蒂·拉坦兹。”

我问这是不是因为所有的时尚名模都显示出死后遭受性侵害的迹象，就像我太太二十年前一样。而且毫无疑问，他们握有我跟名叫西蒙的图书馆员交谈的监视器录影带，就在他暴毙前一刻。

你可以听见某处铅笔在纸上快速抄下笔记的声音。

电话旁边，我听见有人说：“想办法把他留在线上。”

我问这是否是由于我涉嫌谋杀，而用来逮捕我的伎俩。

而丹顿警官说：“别逼我们发出法院传票。”

死亡的人越多，情况就越是原地踏步。

我说，丹顿警官。我问，他能否告诉我此时此刻他人在哪里？

棍棒与石头或许能打断你的骨头，但此刻事情重新上演。如同一声尖叫一般迅速，勾魂歌在我脑海盘旋而过，接着电话断了线。

我刚刚杀了我的救星。班·丹顿警官。我与其余人类又远离一大步。

建设性破坏。

蚵仔甩着他的塑胶打火机，将它甩在一只手的掌心上。然后将它交给海伦，看着海伦从皮包里拿出一张折好的纸片。她将第二十七页点着火，拿在排水沟上方。

当梦娜读着广告手册时，海伦拿着燃烧的纸片靠近手册的页缘。那些愉悦、欢乐的家庭照片一下子喷出火苗，梦娜尖叫着丢了它。手里依然拿着燃烧的纸片，海伦一脚将燃烧的家庭合照踢进排水沟。她手中的火焰愈烧愈大，在微风中颤抖冒烟。

而不管为了什么原因，我想起纳什和他燃烧的导火线。

海伦说："我不做好玩的事。"用她另一只手，海伦朝着我甩她的车钥匙。

然后就这么发生了。蚵仔用手臂从海伦背后扣住她的头。以迅雷不及掩耳的速度，他将她的脚撞弯，而当海伦为求平衡而将手臂外抛时，蚵仔夺走燃烧的诗页。那首勾魂歌。

海伦跪落在地上，掉出他的掌握外，当她的膝盖撞上水泥人行道时，她发出一声短促的尖叫，然后她跌进了排水沟。她的钥匙还在手心里。

蚵仔将燃烧的纸页在腿上打熄。他用双手拿着纸，眼睛急速来回转动往下阅读着那张纸，而火苗从底部向上吞噬。

他两只手都已经着了火他才放手，大叫："不！"然后将手指头放进嘴里。

梦娜向后退步，她的双手盖住耳朵。她的双眼紧闭。

海伦手脚跪扶在排水沟中，身边是燃烧的家庭合照，她抬眼看着蚵仔。蚵仔跟死了一样。海伦的发型裂开，粉红色的头发垂到眼睛上。她的尼龙袜扯破了。她的膝盖，血迹斑斑。

"别杀他！"梦娜大叫，"别杀他！求求你，别杀他！"

蚵仔跪落在膝盖上，抓住人行道上燃烧的纸片。

慢慢地，就像时钟的时针那么慢，海伦站了起来。她的脸潮红。不是缅甸红宝石那种红。比较像是她膝盖上流下的鲜血那种红。

蚵仔跪着。海伦站在他上方。梦娜的双手盖住耳朵，双眼紧闭。蚵仔筛检着灰烬。海伦流着血。我，我依旧在电话亭里观看，一群椋鸟从图书馆屋顶上飞起来。

蚵仔，这个邪恶、满怀怨恨、暴虐的年轻人，大有可能是海伦她儿子，如果她儿子还在的话。

“动手吧。”蚵仔说，他抬头迎向海伦的目光。他只有半张嘴微笑着说：“你把你真正的儿子杀了。也可以把我杀了。”

然后就这么发生了。海伦狠狠地打了他的耳光，用手心里的钥匙划过他两颊。那一瞬间，涌出更多鲜血。

又一只伤痕累累的寄生虫。又一个被蟑螂破坏的橱柜。

而海伦的目光从流血的蚵仔身上猛然往上瞪视盘旋在我们头顶的椋鸟，一只接着一只，它们纷纷落地。它们黑色的羽毛闪过一抹油亮的蓝色。它们的死眼瞪着黑色的鸟喙。蚵仔托着脸，双手满是鲜血。海伦怒视着天，闪亮的黑色尸体嘶声落下，然后弹起，一只接着一只，落在我们身旁的水泥地面。

建设性破坏。

31

出城一英里，海伦在公路旁停下车。她打亮车子的紧急闪灯。什么也不看只注视她的手，她紧贴的小牛皮开车手套放在方向盘上，她说："下车。"

挡风玻璃上有一片片的小水渍。天空开始下起雨来。

"随你便。"蚵仔说道，猛然打开他的车门。他说："当人们发现狗教不会大小便的规矩时，不就是这么做的？"

他的脸和手都沾满了红色的血。恶魔的脸孔。他凌乱的金发在前额上竖起来，又硬又红，就像恶魔的角。他红色的山羊胡。在一片通红中，他的眼睛是白的。不是投降白旗的那种白。而是水煮蛋的白，残废的母鸡关在多层式鸡笼中，工厂化农场的悲惨与苦难与死亡。

"就像亚当与夏娃被逐出伊甸园一样。"他说。蚵仔站在公路的碎石子路肩，弯身看着仍坐在后座上的梦娜，他说："夏娃，你要来吗？"

这与爱情无关，这与控制有关。

在蚵仔身后，太阳开始西沉。他背后是俄国蓟与苏格兰金雀花与葛藤。在他背后，整个世界乱成一团。

而梦娜头发中编进了西方文明的遗迹、捕梦网与易经的碎片，她看着她大腿上黑色的指甲说："蚵仔，你做的事情不对。"

蚵仔将他的手伸进车子里，伸过座椅碰触她，他的手染红且结着血块，他说："桑树，尽管你有满腔柔顺的善意，但这趟旅程不会成功的。"他说："跟我走。"

梦娜咬着牙猛然转过脸望着他说："你把我的印第安工艺书弄丢了。"她说："那本书对我很重要。"

有些人仍然以为知识就是力量。

"桑树，亲爱的。"蚵仔说，抚摸着她的发，头发黏住他血淋淋的手。他将一束头发塞到她耳后说："那本书完蛋了。"

"随你说。"梦娜说道，然后她欠过身子叉起手。

而蚵仔说："随你便。"然后他用力甩上车门，他的手在车窗上留下一个血手印。

蚵仔的红手在身旁举起，他从车子退开。他摇着头说："忘了我。我不过是另一只上帝的鳄鱼，可以任你冲进马桶里。"

海伦将排档移到发车。她按下某个开关，靠近蚵仔的门便锁上。

从上了锁的车子外，含糊不清，蚵仔喊："你可以把我冲走，但我会继续吃粪。"他大叫："然后我会继续壮大。"

海伦打了方向灯，然后开始汇入车阵中。

“你可以把我忘记。”蚵仔大叫。他嘶吼的红色魔鬼面孔，他的牙齿又大又白，他大叫：“但不表示我就不存在。”

不管什么原因，一八六〇年麻州梅弗特镇第一只飞出窗外的舞毒蛾浮现脑海。

开着车，海伦用一只手指摸摸眼睛，当她将手放回方向盘上，手套的指头上变成深棕色。湿了。无论境遇好坏，无论贫富贵贱。这就是她的人生。

梦娜将脸埋在双手中开始啜泣。

而我数着一，数着二，数着三……我打开收音机。

32

这个小镇在地图上的名字叫作石头河。内布拉斯加州石头河。但是当探长与我到达时，镇界的标示已经被涂上“湿婆普兰”(Shivapuram)①这个名字。

内布拉斯加。

人口一万七千人。

在街道中间，跨立在中央分隔线的是一只棕白相间的乳牛，使我们得绕道而行。反刍咀嚼着，乳牛连眼睛都不眨一下。

市中心区域是两个街廓的红砖建筑物。主要十字路口的上方闪着一个黄色灯号。一只黑牛抵着停车标志的铁柱磨蹭着身体外

---

① 印度地名。缘起于Shiva(湿婆)这个字，Shivapuram代表湿婆国土。赫胥黎最后一部小说《岛屿》(*Island*)描述一个叫做巴拉(Pala)的乌托邦岛屿。Shivapuram是岛上一座最美丽的宫殿。

侧。一只白牛吃着邮局门口盆栽窗台上的百日草。另一只牛躺着，挡住了警察局门前的人行道。

你可以闻到咖喱与广藿香的气味。副警长穿着拖鞋。副警长、邮差、咖啡馆的女服务生、酒馆的酒保，他们全都在眉间贴了一个黑色圆点。一颗吉祥痣(bindi)①。

"老天，"探长说道，"整个镇都印度化了。"

根据本周的《超自然奇观公报》，这全都是因为一只会说话的犹大牛(Judas Cow)。

在任何一间屠宰场的营运中，诀窍在于骗牛爬进通往宰杀区的走道。从农场来的牛用卡车载进来，它们困惑而恐慌。经过挤在卡车里几个小时或者几天，在整趟旅程中脱水又无眠，牛与其他同伴一起被扔进屠宰场外的饲育场。

让它们爬上走道的方法就是派一只犹大牛上阵。那只牛真的就是这样称呼。这是住在屠宰场中的牛。它混入其他天年已尽的牛群中，然后引领它们爬上通往宰杀区的走道。如果没有犹大牛带路的话，这些害怕、疑神疑鬼的牛只绝不会动身。

直到有一天，根据《超自然奇观公报》的报道，石头河肉品包装工厂的犹大牛停下脚步。

这只犹大牛挡住通往宰杀区的去路。它拒绝移驾一旁让身后的牛群去送死。在所有屠宰场工作人员的注目之下，这只犹大牛坐在后腿上，就像狗的坐法一样，这只牛坐在门口用它棕色的牛眼看着所有人开始说话。

---

① 印度人点在眉间额轮上的圆点，通常是用朱砂点出的红点。

这只犹大牛说话了。

它说："摒弃你们吃肉的行径。"

这只牛的声音是一个年轻女子的声音。它身后排着队伍的牛，把重量从一只脚移到另一只脚上，等待着。

屠宰场的工作人员，他们的下巴往下掉的速度如此之快，以至于他们的烟就落到血淋淋的地板上。有个人把他嘴里嚼的烟丝给吞了下去。一个女人手盖在嘴上尖叫出声。

这只犹大牛，坐在那里，举起一只前脚用牛蹄指着工作人员说："通往解脱(moksha)①的道路不应建筑在其他生物的惨痛与苦难上。"

"Moksha 这个字，"《超自然奇观公报》说，"在梵文中代表'救赎'的意思，指的是业报轮回的终结。"

犹大牛说了一个下午的话。它说人类已经摧毁了自然世界。它说人类必须停止消灭其他物种。人类必须控制其数量，创造出一种限额制度，只允许人类占这个星球生物小部分的比率。人类可以用自己喜欢的方式过活，只要他们不是多数即可。

它教导人们一首印度歌曲。这只牛要所有的工作人员一起合唱，而它自己则随着歌曲节拍来回摇摆着它的蹄子。

这只牛回答了所有关于生死本质的问题。

这只犹大牛只是不停地不停地不停地宣讲。

如今，此地此刻，探长与我，我们在事后到达此地。猎巫。我

---

① 印度教义中人生四大目标之一，moksha 表示脱离轮回转世，与佛教教义中"涅槃"的境界相同。Moksha 也是《岛屿》这部小说中，巴拉岛民于临终之前，用来使灵魂进入另一个世界状态的药物。

们查看所有当天从肉品包装工厂释放出来的牛。位于小镇边陲地带的工厂空荡而安静。有人正在把水泥楼房漆成粉红色。要将它改为一个道场(ashram)①。他们在饲育场上种植蔬菜。

从那天以后,犹大牛不曾再开口说过一个字。它在居民的前院吃草。饮用鸟浴盆里的水。人们在它脖子上挂上雏菊花圈。

"他们使用附身咒语。"探长说道。我们在路上被迫停车,等一只迟缓的大肥猪通过我们车子前方。其他的猪和鸡待在五金行遮阳篷的阴影下。

附身咒语让你将自己的意识投射在另一个生物的身体上。

我看着他,良久,然后问他算不算五十步笑百步。

"动物,人类。"探长说,"你差不多可以将自己放到任何活体内。"

而我说,是啊,还用你说。

我们开车行经一个在粉红色道场涂油漆的男人,而探长说:"依我之见,轮回不过是另一种拖延之计。"

而我说,是、是、是。他已经跟我说过这些。

探长越过前座将他满是皱纹与斑点的手放在我手上。他的手背上覆满厚厚的灰毛。他的手指头因为拿枪而冰冷。探长捏了一下我的手说:"你还爱我吗?"

而我问我还有别的选择吗?

① 印度教的灵修聚会所,供练习瑜伽等等。

33

人群与我们摩肩接踵，女人穿着露背上衣，男人戴着牛仔帽。人们吃着串在小树枝上的焦糖苹果与纸杯中的刨冰。尘土四处飞扬。有人踩到海伦的脚，她将脚缩回来，说：“我发现无论我杀了多少人，永远都不够。”

我说，我们别说这些废话。

黑色的缆线在地上交缠。在灯光后的黑暗中，引擎燃烧着柴油产生电力。你可以闻到柴油和油炸食品和呕吐物和糖霜的味道。

这些日子，这样就算娱乐。

一声尖叫声划过我们身边。看了一眼梦娜。那是一座旋转飞碟，上面有个耀眼的霓虹招牌写着大章鱼。黑色的金属手臂，像扭曲的轮辐，绕着一个中心毂旋转。同时，他们上上下下升降。每支臂杆的末端有一个座位，而每个座位又绕着自己的中心毂快转。尖叫声又划过，还有一片红色与黑色的头发。梦娜银色的链子与坠饰直直甩出颈子的一侧。她的双手紧抓着扣在大腿上的安全把手。

西方文明的残骸，角楼与高塔与烟囱，从梦娜的发中飞出。一颗易经铜板像子弹一样飞过我们身边。

海伦看着她说："我想梦娜找到了她的飞行咒语。"

我的寻呼机又响了。跟之前的警官同样的号码。新来的救星已经紧锣密鼓跟我来了。

死亡的人越多，情况就越是原地踏步。

我把寻呼机关掉。

看着梦娜尖叫着经过我们，海伦说："坏消息？"

我说，没什么要紧的。

穿着她粉红色的高跟鞋，海伦小心翼翼踩在泥土和木屑上，跨过黑色的电缆。

我将手伸出去，说："来。"

然后她握住我的手。然后我没有放掉。然后她好像也不介意。然后我们手牵着手走路。这个感觉不错。

她只剩下几个大戒指，所以不会像你所想的那么痛。

旋转飞碟划破我们身边的空气，钻石白、祖母绿、宝石红的灯，绿松石与青玉蓝的灯，黄水晶的黄、蜜蜡的橘。架在四面八方柱子上的扬声器轰炸着摇滚乐。

这些摇滚乐狂。这些安静恐慌症者。

我问海伦，她最后一次搭摩天轮是什么时候？

四面八方，全都是男男女女，手牵手，亲来亲去。他们喂一条条粉红色的棉花糖给对方吃。他们肩并肩走着，每个人都将一只手塞在另一半的紧身牛仔裤屁股口袋里。

看着人群，海伦说："别想错地方，不过你最后一次是什么时候？"

我最后一次做什么？

"你心知肚明。"

我不确定我最后一次算不算，不过一定已经差不多十八年之久。

而海伦微笑说："难怪你走起路来怪怪的。"她说："我自约翰后已经有二十年了，而且还在累积中。"

在地上，夹杂在木屑与电缆中间，有张破破烂烂的报纸。一则三栏宽的广告上写着：

海伦·波尤房地产中介公司的顾客请注意

广告说："您是否买下了闹鬼的房子？要是的话，请拨以下的电话号码加入一宗集体诉讼案。"

然后是蚵仔的手机电话号码。然后我说，拜托，海伦，你怎么会告诉他那些事？

海伦低头望着报纸广告。用她粉红色的鞋子，她将报纸碾进泥巴地里，说："跟我没杀他的理由一样。他有时候挺惹人喜欢的。"

在那则广告旁边，被泥土盖住的是又一个死掉的时尚名模的照片。

抬头望着摩天轮，一圈发亮的红白灯管举着满载乘客摇摆的座椅，海伦说："这个看来还可以。"

一个男人将摩天轮停下，所有的车厢原地摇晃，我和海伦坐上红色的塑胶椅垫，然后男人用力将安全把手锁定在我们腿上。他退后拉下控制杆，接着大型柴油引擎开始运转。摩天轮像是要往后转似地猛力颠簸一下，然后海伦与我便升至黑暗中。

升至夜晚的半途中，摩天轮猛然停顿。我们的座位摇晃，海伦赶紧抓住安全把手。一只单钻自一根手指头滑落，直直地闪掠过支杆与灯管，通过七彩与脸孔，掉进机器的齿轮装置里。

海伦的目光循着它，说："真是的，那差不多有三万五千美元。"

我说，搞不好没事。那是钻石。

而海伦说，问题就在这里。宝石是世界上最坚硬的东西，但它们依然会碎裂。它们能承受持续的重力与压力，但突如其来的急遽撞击却能将它们粉碎成灰。

在游乐场的地面，梦娜跑过满地木屑站在我们下方，挥舞着双手。她原地跳跃大叫："哟呼！海伦，加油！"

摩天轮猛力摇晃一下，又继续转动。座椅斜倾，海伦的皮包往下掉，但她抓住了。那块灰色的石头还在里面。来自蚵仔巫师聚会的礼物。皮包没掉，但她的行事历滑下座椅，在半空中飘动散开，翻飞落下覆盖着木屑的地面，梦娜飞奔过去将它拾起。

梦娜拿行事历在大腿上拍着去掉木屑，然后将它挥动在半空中表示没关系。

海伦说："谢天谢地还有梦娜。"

我说，梦娜说你打算杀了我。

而海伦说："她告诉我你想杀了我。"

我们看着彼此。

我说，谢天谢地还有梦娜。

在地面上，越来越远，梦娜正一页页翻阅着行事历。每一天，记载着海伦政治攻击目标的姓名。

越过七彩灯光，抬头望向夜空，我们逐渐接近星星。梦娜曾说过星星是活着最美好的一件事。在另一边，人们死后去的地方，他们看不见星星。

想想深沉的外太空，那异常的寒冷与安静。有寂静作为报偿之处就足以构成天堂。

我告诉海伦我得回家清理门户。我得动作快一点，以防情况变得更棘手。

那些死掉的时尚名模。纳什。警官。全部。他怎么拿到勾魂咒语的，我不知道。

我们爬升得更高，远离那些气味，远离柴油引擎的嘈杂。我们爬升到安静而寒冷之处。梦娜，读着行事历，越变越小。所有熙来攘往的人群，他们的钱还有手肘还有牛仔靴，都愈变愈小。点心贩卖亭和移动厕所也愈变愈小。尖叫声与摇滚乐，愈变愈小。

到了顶点，我们猛然停止。座椅的摇摆越来越小直到我们完全静止安坐。这么高的地方，微风吹拂、挑高、反梳着海伦那朵粉红色的泡泡头。那些霓虹灯与油腻与泥泞，从这么远看起来相当完美。完美、安全、快乐。音乐只剩下单调的砰、砰、砰。

我们在上帝眼中必定就是这个样子。

低头望着下面的游乐设施，那些旋转七彩与尖叫连连，海伦说："我很高兴你把我找出来。我想我一直希望有人会这么做。"她说："我很高兴那个人是你。"

她的人生没那么糟，我说。她有她的珠宝。她有帕特里克。

"话虽如此，"她说，"有一个人知道你所有的秘密是件好事。"

她的套装是淡蓝色，但不是一般的知更鸟蛋那种蓝。是那种你可能买回去之后担心它因为里面已经死掉不会孵化的知更鸟蛋那种蓝。而当它真的孵出来，你担心接下来该怎么办。

在卡住我们大腿的安全把手上，海伦将她的手放到我的手上，说："史崔特先生，你有名字吗？"

卡尔。

我说，卡尔。我叫卡尔·史崔特。

我问，她为什么说我是中年人？

然后海伦笑道："因为你的确是。我俩都是。"

摩天轮再次猛晃片晌，然后我们开始往下。

而我说，她的眼睛。我说，是蓝色的。

而这就是我的人生。

到了最下面，园游会员工骤然松开安全把手，海伦走下座椅之际，我让海伦牵我的手。木屑蓬松柔软，我们跌跌撞撞通过人群，搂着彼此的腰。我们走到梦娜身边，而她仍旧读着那本行事历。

"现在轮到吃牛奶糖爆米花。"海伦说，"这一位，卡尔，要请客。"

而梦娜手里还捧着打开的行事历，她抬起头来。她的嘴微微张开，她的眼睛快速地眨了一下、两下、三下。她叹了口气说："你们晓得我们一直在找的那本魔法书？"她说："我想我们刚刚找到了。"

34

有的巫师会用古文字母、秘密编码的符号书写他们的咒语。根据梦娜的说法，有的巫师会把字倒着写，如此一来咒文只能从镜子中阅读。他们会把咒语写成螺旋状，从书页的中心开始向外弯曲。有些写得像古希腊的咒牌，一行由左到右，然后下一行由右到左，再下一行，左到右。这个，他们称之为牛耕式书写法（boustrophedon），因其模拟绑在绳索上的牛来回踱步的方式。为了模拟蛇，梦娜说，有的会以每一行各自岔向不同方向的方式书写。

唯一的准则就是，咒文必须变形扭曲。愈是隐秘、愈是扭曲，则咒语的力量愈是强大。对巫师来说，弯曲变形本身即具有魔法。他们所描绘或雕塑的魔法之神赫菲斯特斯（Hephaestus）①就有一

① 希腊火神，是天神宙斯与天后希拉的儿子，生来其貌不扬并有一双瘸腿。

双扭曲变形的腿。

咒文越是扭曲，它就越是能扭绞捆绑被害者。扰乱他们的视听。占据他们的注意力。他们会失足绊倒。头晕目眩。无法专心。

就跟老大哥运用他那一套歌唱跳舞一样。

在铺着碎石子地的停车场，在游乐场与海伦车子的半途，梦娜拿着行事历让游园会的灯光照透一页内页。一开始，里面只有海伦当天写下的记事。“安东尼奥·卡培尔上校”这个名字，还有一串的房地产约会。接下来你可以看见纸张上有个模糊的图案，红色的字，黄色的句子，蓝色的段落，随着闪过纸页背后的七彩灯光变化。

“隐形墨水。”梦娜说道，依旧拿着拉出的纸页。

与浮水印一样模糊，鬼画符。

“给我灵感的是它的外皮装订。”梦娜说道。

封面与装订是暗红色的皮革，因为长期使用磨亮成接近黑色。

“这是人皮。”梦娜说。

它本来在贝希·法兰基的房子里，海伦说。看起来像是一本可爱的旧书，一本空白的书。她买下法兰基的产业时就在里面。封面上有一个黑色的五角星星。

“这是五芒星，”梦娜说，“在它变成书皮之前，曾是某个人的刺青。这个小突起，”用手碰触着书脊的黑点，她说：“这是乳头。”

梦娜将书合起，举到海伦面前说：“摸摸看。”她说：“这不仅是历史久远而已。”

而海伦迅速打开皮包拿出她袖口附有扣子的白色小手套。她说:“不用,你拿着。”

看着她手上打开的这本书,梦娜前前后后翻着它。她说:“如果我知道他们用什么东西当做墨水,我就知道该怎样把它读出来。”

如果用的是氨水或是醋,她说,你可以煮一颗红甘蓝菜,然后涂上一些菜汁让墨水变成紫色。

如果是精液的话,你可以在荧光灯下读出来。

我说,有人用小弟弟的排泄物来写咒语?

而梦娜说:“只有法力最强大的咒语。”

如果是用玉米淀粉的透明溶液所写成的,她可以涂上碘酒让文字显示出来。

如果是柠檬汁的话,她说,你可以烘烤纸张让墨水变成棕色。

“你尝尝看。”海伦说,“看是不是酸的。”

而梦娜将书用力合上。“这是一本有千年之久的巫师书,用木乃伊一样的人皮装订,而且很有可能是用古代的精液写成的。”她对海伦说:“你来舔舔看。”

而海伦说:“好啦,你说得有道理。至少试着快点把它翻译出来。”

而梦娜说:“我又不是那个把这本书随身携带十年的人。我又不是那个一直在破坏这本书,把什么东西都写在这上面的人。”她双手拿着书推到海伦面前:“这是一本古书。用古希腊文与古拉丁文书写而成,再加上某种已经被人遗忘的古老文字。”她说:“我需要一点时间。”

海伦啪一声打开她的皮包,说:“拿去。”她拿出折成一个小方块的纸张,递给梦娜说:“这是勾魂歌的副本。一个叫做贝希·法兰基的男人翻译出这些来。如果你能将它与书中的某个咒语对起来的话,就可以用它当做图例来翻译这种语言中所有的咒语。”她说:“就跟罗塞塔石碑(Rosetta stone)[①]一样。”

梦娜伸出手去接折起的纸。

而我一把从海伦手中夺下那张纸问她,我们怎么还会有这种讨论?我说,我的想法是我们把书烧了。我打开纸,那是从某座图书馆中偷来的第二十七页,而我说,我们该好好想一想。

我对海伦说,你确定你要对梦娜做这种事?这个咒语差不多已经把我们的人生摧毁殆尽。我说,何况,一旦梦娜知道了,蚵仔也会知道。

海伦正将她的手指头戴进白手套里。她将两边袖口的纽扣扣上,朝着梦娜伸出手说:“把书给我。”

“我有办法。”梦娜说道。

海伦对着梦娜摇了摇头说:“不行,这样最好。史崔特先生说的对。它会改变你的人生。”

夜晚的空气充满远方微弱的尖叫声与闪烁耀眼的灯光。

而梦娜说:“不要。”然后用双手环紧书本拿在胸前。

“你看。”海伦说,“已经开始了。当你有可能掌握一点权力的时候,你就想要更多。”

我告诉她把书交给海伦。

---

① 埃及考古学的重要里程碑,一七九九年拿破仑军队远征埃及时,在靠近罗塞塔镇某处挖掘出一块黑色玄武岩,这块罗塞塔石碑上面刻有三种互为翻译的文字,后来学者便利用上面的古希腊文破解了刻在石头上的埃及象形文字。

而梦娜转过身子背对我们说："我才是发现它的人。我是唯一能够解读它的人。"她转头越过一边肩膀看着我说："你，你只想要将它销毁，好让你可以兜售你的故事。你想让一切化为乌有，这样才可以安心谈论它。"

而海伦说："梦娜，小甜甜，别这样。"

而梦娜转头越过另一边肩膀看着海伦说："你只想独占它，好让你统治全世界。对所有的事情，你只在乎钱的那一面。"

她的双肩弓起向前，直到她似乎用整个身体环抱住这本书，她低头看着它说："我是唯一赏识它本质的人。"

而我告诉她，听海伦的话。

"这是一本影子书。"梦娜说，"一本真正的影子之书。它属于真正的巫师。就让我来翻译。我会告诉你们我发现的事情。我保证。"

我，我将从海伦手上拿来的勾魂歌折好，塞到我的后裤袋里。我往梦娜靠近一步。我看了海伦一眼，她点了点头。

依旧背对着我们，梦娜说："我能让帕特里克活过来。"她说："我能让所有的小婴儿活过来。"

而我从后面抓住她的腰把她举起来。梦娜尖叫，用她的鞋后跟踢着我的小腿，身体左右扭动，依旧抱紧那本书，而我想办法将手伸进她手臂下，直到碰到书为止，碰到死人的皮肤。死人的乳头。梦娜的乳头。梦娜尖叫着，她的指甲戳进我的手，我指间柔软的肌肤里。她戳进我手背的皮肤直到我将她的腰转过来，将她的手臂扭开举到身体两侧。书本掉下来，她踢蹬的双脚将书本踹了出去，在黑暗的停车场，和着远处的尖叫声，没有人注意到。

这就是我现有的人生。这就是我本来就知道有一天会失去的女儿。为了男朋友。为了坏成绩。毒品。无论如何，这种断裂必然会发生。这种权力斗争。无论你自以为会变成多么优秀的父亲，到了某个时候，你必然会发现自己遇到这种状况。

对那些你所爱的人，有比亲手杀害他们更卑劣的事。

书本落在一阵尘埃掀起的碎石子地上。

我喊海伦去捡起来。

梦娜一挣脱，海伦和我便往后退。海伦拿着书，我张望旁边是否有人。

梦娜握紧拳头，身子倾向我们，她红黑相间的头发垂在脸上。她银色的链子与坠饰缠在头发上。她橘色的洋装紧贴着身体扭曲移位，领口转到了一边露出她的肩膀，赤裸着。她的凉鞋踢掉了，所以她光着脚。她的眼睛在深色发卷后方，她的眼睛映射着游园会的灯光，远方的尖叫声就像回响着她的尖叫声般绵延不绝，无休无止。

她看起来的样子很邪恶。一个邪恶的女巫。一个女法师。很疯狂。她再也不是我的女儿。如今她是个我永远不会了解的人。一个陌生人。

从牙缝里挤出话来，她说："我会杀了你。我会的。"

而我用手指梳理头发。我调正领带，将胸前的衬衫抚平。我数着一，数着二，数着三，然后我告诉她，不会，但是我们可以杀了她。我要她跟波尤女士道歉。

这就算是严管勤教。

海伦站着，用戴了白手套的手拿着书，看着梦娜。

梦娜没说一个字。

柴油发电机冒的白烟、尖叫声以及摇滚乐以及七彩灯光，全都尽力填满这段沉默。夜空里的星星不发一语。

海伦转向我说："我没事。我们离开就是了。"她拿出汽车钥匙交给我。海伦与我，我们转身离开。但回过头看，我见梦娜用手捧着脸大笑。

她在大笑。

当我看时，梦娜停止不笑，但她的笑意还在。

而我叫她抹去脸上的佯笑。我问，她搞什么鬼，有什么需要这样佯笑？

35

我开着车，梦娜手叉在胸前坐在后座的椅子上。海伦坐在我旁边的前座上，魔法书打开放在她大腿上，她将每一页书页高举贴着她的车窗，好让书页可以透过阳光看。在我们俩之间的前座座椅上，她的手机开始响。

海伦说，她家里还有从贝希·法兰基产业拿来的所有参考书。其中包括希腊文、拉丁文、梵文的翻译辞典。还有关于古代楔形文字手稿的书籍。所有已逝的语言文字。这其中有些书会帮她把这本魔法书翻译出来。用勾魂歌当做一种密码图例，一个罗塞塔石碑，她或许能将它们全部翻译出来。

而海伦的手机还在响。

在后视镜中，梦娜挖着鼻孔，然后在她的牛仔裤上搓着鼻屎，直到它变成一粒坚硬的黑球。她的眼光从大腿抬起，眼珠子往上转，慢慢的，直到她看着海伦的后脑勺。

海伦的手机还在响。

然后梦娜将她的鼻屎弹进海伦粉红色的头发后面。

而海伦的手机还在响。两眼依旧读着魔法书，海伦将手机推过座椅直到它碰到我的大腿，说："跟他们说我在忙。"

可能是国务院打来通知她下个暗杀任务。可能是某个他国政府，有某项秘密间谍交易要进行。某个毒品大老得干掉。或者让某个职业罪犯退隐江湖。

梦娜翻开她封面是绿色织锦的对映镜书，她的巫师日记，放在大腿上开始用各色彩色笔涂鸦。

电话里是一个女人。

是她的客户，我告诉海伦。将电话贴在我的胸前，我说，这个女人说昨晚有一颗被斩断的头颅跳下她屋前的楼梯。

依旧读着魔法书，海伦说："那是位于非尼大道有五间卧室的荷兰殖民式宅邸。"她说："头颅是不是在掉落到玄关前消失？"

我发问。

对着海伦，我说，对，大约到楼梯半途就消失了。一颗血淋淋的头颅，带着不怀好意的冷笑。

电话上的女人说了话。

还有断裂的牙齿，我说。她听起来很烦乱。

梦娜使劲地涂鸦，彩色笔在纸上磨擦出尖锐刺耳的声音。

依旧读着魔法书，海伦说："头颅已经消失无踪了。问题解决。"

电话上的女人说，这种情形每晚发生。

“那就打电话请人来驱魔。”海伦说。她翻开另一页对着阳光看,说:“告诉她我不在。”

梦娜在她的对映镜书上画的图,是一男一女被闪电击中然后被坦克碾过,然后血从眼睛流光死翘翘。他们的脑浆从耳朵喷出来。女人穿着剪裁合身的套装并戴着一堆珠宝。而男人,打了条蓝色领带。

我数着一,数着二,数着三……

梦娜拿着男人与女人的图将他们撕成细细的碎片。

电话又响起,我接了电话。

我将电话贴在胸前告诉海伦说,是个男人。他说他的莲蓬头会喷出鲜血。

依旧拿着魔法书贴着车窗,海伦说:“这是潘德中庭的六房大宅。”

而梦娜说:“是潘德广场,有一只断手爬出垃圾处理箱的才是潘德中庭。”她将车窗稍微打开,将画有男人与女人的碎纸片塞到窗缝外。

“你想的是有只断手的旁德街角了,”海伦说,“潘德广场有一只会咬人的幽灵杜宾犬。”

电话里的男人,我请他稍待。我按下红色的通话保留键。

梦娜翻了白眼说:“会咬人的幽灵在紧邻米尔斯顿大道旁的西班牙房屋。”她用一支红色签字笔开始写着,她写的字从纸页中央向外盘旋延伸。

我数着九,数着十,数着十一……

斜睨着贴在车窗上的纸页里那些模糊手稿的字句,海伦说:

“跟他们说我已经不做房地产的生意了。”用她的手指头描绘着每一个模糊不清的字迹，她说：“住在潘德中庭的人，他们有正值青少年时期的女儿，对吗？”

我发问，电话上的男人说对。

而海伦转头看着坐在后座的梦娜，梦娜又弹出一颗滚圆的鼻屎，而海伦说：“那么告诉他，满是人血的浴缸是他最无关痛痒的问题。”

我说，我们何不就这样继续往前开？我们可以再闯几家图书馆。多看些风景。也许，再去一个游园会。一个国立纪念馆。我们可以找点乐子，放松一下。我们曾是一家人，我们可以再次团圆。说不定，我们依旧彼此相爱。我说，怎么样？

梦娜往前靠，从我头上拔下几根头发。她靠向前拔下海伦头上的粉红色发丝。

海伦往前弯腰靠向魔法书，说：“梦娜，这样会痛。”

我说，在我家，我父母亲跟我，我们可以用一盘精彩的印度巴棋戏(Parcheesi)解决几乎所有的纷争。

梦娜将粉红色与棕色的发丝包在写了螺旋文字的纸中。

而我告诉梦娜，我只是不希望她犯下我所犯的错误。从后视镜中看着她，我说，当我跟她年纪相当的时候，便不再跟我的父母亲说话。我几乎有二十年没跟他们说过话了。

而梦娜拿一支安全别针刺穿里面包着我们头发的纸张。

海伦的电话又响起，这次是个男人。一个年轻男人。

是蚵仔。在我能挂断电话之前，他讲：“老爹，你一定得看明天的报纸。”他说：“我在上面刊了个小惊喜送给你。”

他说:“好了,让我跟桑树说话。”

我说她的名字是梦娜。梦娜·莎芭特。

“是梦娜·史坦纳。”海伦说道,依旧将魔法书的书页举高贴在车窗上,试着读上面的隐秘手稿。

而梦娜说:“是蚵仔吗?”从后座上,她的双手从我头部两侧伸过来,抓着电话说:“让我讲。”她大叫:“蚵仔!蚵仔,他们拥有魔法书!”

而我设法掌握住方向盘,车子在公路上摇摆蛇行,我使劲将电话挂断。

36

我公寓天花板上的污渍不见了，取而代之的是一大块的白斑。用大头图钉钉在我门口的是房东留的字条。噪音不见了，取而代之的是彻底的安静。地毯因为小塑胶碎片、破裂的门扉与飞落的扶壁而发出嘎吱嘎吱的声响。你可以听见每个灯泡内的灯丝嗡嗡作响。你可以听见我的手表滴答转动。

在冰箱里，牛奶已经酸坏。那些所有的痛楚与苦难都浪费了。乳酪长满霉而发胀变蓝。一包汉堡在塑胶套里变成灰色。鸡蛋看起来没事，但它们不会没事，不可能没事，不可能撑得了这么久。一切为了生产这些食物的努力与悲惨，全都进了垃圾桶中。所有这些悲惨的大牛与小牛，都被扔了出去。

房东留的字条上说，天花板上的白斑是一层底漆。上面说等污渍不再渗透下来，他们会重新漆过整片天花板。暖气开到高温好让底漆干得快一些。马桶里一半的水都蒸发了。植物干得跟纸一样。厨房水槽下的防臭存水弯管只剩一半的水，排水管的沼气又回漏上来。我的旧式生活，我称之为家的一切，弥漫着一股屎味。

底漆是为了防止我楼上邻居的残余物渗下来。

在外面的世界，还有三十九本诗集行踪不明。在图书馆、书店、家里。约略加减个，我不晓得，几打。

海伦今天在她办公室。我从那里离开她，坐在书桌前，身边围绕着各种字典，希腊文、拉丁文、梵文的字典，翻译的字典。她拿了一小瓶碘酒，然后她用棉花棒涂在手稿上，把隐形文字变成红色。

拿棉花棒，海伦将紫甘蓝菜的汁液涂在隐形文字上，将它们变成紫色。

在这些小瓶子与棉花棒与字典旁，立着一个有把手的灯。上面有一条电源线延伸到墙上的插座里。

"这是荧光镜，"海伦说，"租来的。"她将旁边的开关打开，把灯举在打开的魔法书上方，翻着书页，直到有一页写满了发光的粉红色文字。"这一页是用精液写的。"

所有的咒语，笔迹都不一样。

梦娜，坐在外面办公室的书桌前，自游园会开始就没说过一句好话。警方的无线电通讯器传出一个接着一个紧急代码。

海伦对着梦娜叫说："'魔鬼'有哪个字可以代表？"

而梦娜说："海伦·胡佛·波尤。"

海伦看着我说："你读了今天的报纸吗？"她将几本书推到一旁，书下面是一份报纸。她翻着报纸，在第一版的背面有则全版广告。第一行写着：

当心，你见过这个男人吗？

一张旧照片占满大部分的页面，我的结婚照，我和吉娜二十年前满脸笑容的照片。这一定是从某个周末版旧报纸的结婚喜讯告示找出来的。我们对彼此忠贞与爱情的公开声明。我们的承诺。我们的誓言。文字的古老力量。至死不渝。

下方的广告文案写着："警方正在寻找这个男人以调查有关几宗近日来的死亡案件。他今年四十岁，身高一米七八，体重八十公斤，褐发绿眼。他没有携带武器，但应被视为具有高度危险。"

照片里的男人如此年轻而天真。他不是我。照片里的女人已经死了。这两个人，都是幽魂。

照片下面写着："如今他用的别名是'卡尔·史崔特'。他时常打一条蓝色领带。"

在这下面，广告写着："如果你知道他的行踪，请拨打九一一通知警方。"这是蚵仔或是警方登的广告，我不知道。

海伦与我站在这里，低头望着这张照片，海伦说："你太太很漂亮。"

而我说，没错，她很漂亮。

海伦的手指头、她的黄色套装、她那精雕细琢磨光打亮的古董书桌，全都沾染着碘酒与甘蓝汁红色与紫色的污迹。这些污渍闻起来有氨水和醋的味道。她将荧光镜拿在书本上方阅读年代久远的小弟弟排泄物。

"这里有一则飞行咒语。"她说，"而这其中一则可能是爱情咒语。"她前后翻着书页，每一页闻起来都像是甘蓝屁或是氨水尿。"勾魂歌，"她说，"就是这一首。来自古祖鲁(Zulu)族。"

在外面的办公室里，梦娜讲着电话。

海伦将手放在我胳膊上把我往后推，从书桌前退开一步，她说："看好了。"然后站在那里，两手按着太阳穴，她的双眼闭上。

我问，会发生什么事情?

在外面的办公室，梦娜挂上电话。

打开在海伦书桌上的魔法书，它移动了。一个角落提起，然后是相反的角落。它开始自动合上，然后打开，合上打开，越来越快，直到它从书桌上升起。海伦的眼睛依然闭着，她的双唇随着无声的语言开合。书本摇摆翻滚，成了一只发光的深色椋鸟，在靠近天花板处盘旋。

而警察无线电通讯器发出哔啵声说："十七号小队。"它说着，"请前往东北方维登大道五千六百八十号的海伦·波尤房地产办公室，逮捕一名成年男子接受调查。"

魔法书猛力坠落在书桌上发出撞击声。碘酒、氨水、醋，还有甘蓝汁洒得到处都是。纸张与书本滑落到地上。

海伦大叫："梦娜!"

而我说，别杀她，拜托。别杀她。

海伦用她弄脏的手抓着我的手说："我想你最好离开这个地方。"她说："你还记得我们初次相见的地方吗?"小声耳语着，她说："今天晚上跟我在那里碰面。"

在我的公寓里，我答录机里所有的磁带都用完了。在我的信箱里，账单满到我必须用奶油刀把它们挖出来。

厨房的餐桌上有一个购物中心，组装到一半。即便没有盒子上的照片，由于停车场的铺设规划，你还是可以辨认出这是什么。墙壁已经组装完成，窗户与大门全部排列在一边，玻璃已经装上。屋顶板与大型的暖气暨冷却装置还在盒子里。造景蓝图封死在一个塑胶袋中。

穿透公寓墙壁而来的，什么都没有。一个人也没有。历经这几个星期与海伦和梦娜上路旅行，我已经忘了寂静有多么珍贵。

我打开电视。上面播着一出黑白喜剧片，讲一个男人死后复活变成了一只骡子。他理当教导某个人某件事。为了拯救他自己的灵魂。一个男人的灵魂占据着一只骡子的身体。

我的寻呼机又响起来，是警察，我的救星，刺激着我迈向救赎之途。

这个地方必定受到某种监视，无论是警方或是管理员。

在地板上，散落在地板四处，有伐木工厂被踩踏过的碎片。有沾着干血块的火车站断裂残骸。在它附近，一栋医学牙科诊所楼房碎裂成亿万片横尸在地。还有一座停机棚，被压垮夷平。一座渡轮码头，踢散开来。一切我花费许多工夫拼凑起来的血腥残骸与加工品，它们全都在我鞋底下粉身碎骨。我正常生活的残余。

我打开床铺旁的带闹钟的收音机。盘腿坐在地板上，我伸手把加油站以及停尸间以及汉堡摊以及西班牙修道院全扫在一块。我将覆盖着血块与灰尘的碎片聚成一堆，收音机里播放着大乐队的摇摆乐。收音机播放着凯尔特民族音乐和街头饶舌乐和印度的西塔琴音乐。堆在我面前的是疗养院和电影片厂、谷仓以及炼油厂的部分零件。收音机里是电子迷幻音乐、雷鬼乐还有华尔兹。聚在一起的是大教堂以及监狱以及军营的部分碎片。

用小刷子与胶水，我将排气管与天窗与圆屋顶与清真寺尖塔组装起来。罗马式水道桥连接着装饰艺术风(Art Deco)的顶楼豪宅连接着鸦片馆连接着大西部的酒吧连接着云霄飞车连接着小镇的卡内基图书馆连接着独栋庄园连接着大学讲堂。

历经这几个星期与海伦还有梦娜上路旅行，我已经忘了完美有多么重要。

在我的电脑上，有一篇婴儿床之死报道的草稿。最后一章。这类型的报道故事每个父母亲或祖父母亲怕到不敢读，却又怕到不敢不读。我们其实没什么新资讯。我们的想法是表现这些人如何面对。人们如何继续他们的人生。我们可以呈现这里面每一个人所发掘到力量与怜悯的深刻内在之泉。就这个角度。

我们只知道婴儿猝死症没有特定模式。婴儿有可能死在母亲的怀里。

这篇报道故事还没写完。

浪费人生最好的方法就是做笔记。逃避生活最简单的方式就是冷眼旁观。仔细专注在细节上。加以汇报。不要参与。让老大哥为你唱歌跳舞。当一名记者。当一个优秀的目击者。观众群里心怀感激的成员之一。

收音机里，华尔兹音乐变成朋克乐变成摇滚乐变成饶舌乐变成格里高利(Gregorian)圣歌吟咏变成室内乐。在电视上，有人正在展示如何水煮鲑鱼。有人正在说明俾斯麦号为何沉没。

我把湾窗以及穹棱拱顶以及筒型拱顶以及平拱以及阶梯以及

高侧窗以及马赛克镶嵌地板以及钢架帷幕墙以及半木造山墙以及爱奥尼亚式壁柱，全部都黏在一起。

收音机里有非洲鼓音乐和法式情殇之歌全都混杂在一起。我前方的地板上有中国宝塔和墨西哥大庄园和鳕鱼岬的殖民式宅邸，全都拼装在一块。在电视上，高尔夫球选手推杆入洞。一个女人因为知道盖茨堡演讲词的第一句而赢得一万元。

我有史以来第一次组装完成的房屋，是一栋四层楼房，有着孟莎式屋顶（Mansard roof）与两座阶梯，一座在前面让家里的人使用，后面是仆人的阶梯。还有用超小型灯泡牵线的金属与玻璃水晶吊灯。餐厅里的拼花地板花了我六个星期裁切粘合才拼起来。音乐室里的天花板，有我太太吉娜夜复一夜，熬着夜画上的云朵与天使。餐厅壁炉里的火，是我用后面放了闪灯的玻璃纤维做出来的。我们在餐桌上摆上小巧的餐盘，吉娜晚上熬着夜，在每个餐盘边缘画上玫瑰花。我们两个人，没有电视或收音机，在那些夜里，凯特琳熟睡，这件事当时感觉起来如此重要。那才是结婚照里面的那两个人。那间房子是为了庆祝凯特琳两岁的生日。一切都必须完美无瑕。让它成为足以证明我们的才华与睿智的东西。一个活得比我们更久的杰作。

柑橘与汽油，是胶水的气味，混杂着粪便的气味。在我的手指头上，胶水溅到的地方，我的手跟观景窗还有门廊还有空调机一样结了层硬皮。粘在我衬衫上的有旋转门还有手扶梯还有树木，我调高收音机的音量。

所有那些劳动与爱意与努力与时间，我的人生，全都白费了。

一切我希望比我活得更长久的东西，都被我摧毁了。

那天下午当我下班回家发现她们,我将食物留在冰箱里。我将衣服留在衣柜里。那天下午我回到家,明白自己做了什么事情时,那是我第一栋踩碎的房屋。一个没有继承人的传家遗物。那些小水晶吊灯与玻璃火苗与餐盘。卡在我的鞋底。我沿途留下一道有小门与架子与椅子与窗户与鲜血的足迹,一路延续到机场去。

在那之后,我的足迹便结束了。

如今坐在这里,我已经用完所有的零件碎片。所有的墙壁与屋顶与扶手。我面前粘在地板上的东西是一团染着血乱七八糟的东西。没有一件东西是完美或完整的,但这就是我拼凑起来的人生。无论对错,它不依循任何伟大的总体规划施工。

你只能期望有天一种模式会从中浮现,而有的时候,它永远不会发生。

不过话说回来,拿着一张规划图,你顶多只会得到你所能想象得到的。我一向期待比这更好的东西。

从收音机里传出轰然一声的法国号,电传打字机的啷当声响起,一个男人的声音说警方又发现了一个死掉的时尚名模。电视播出她微笑的照片。他们又逮捕另一个涉嫌的男友。尸体解剖又一次发现死后遭到性侵害的迹象。

我的寻呼机响起。寻呼机上的号码是我的新救星。

我的手因为百叶窗与门扉而凹凸不平,我拿起电话。我的手指头由于水管与排水沟而粗糙,我拨了一个我无法忘记的电话号码。

有一个男人接起电话。

而我说,爸。我说,爸,是我。

我告诉他我住在什么地方。我告诉他我现在用的名字。我告诉他我在哪里工作。我告诉他我知道看起来是什么样子,因为吉娜和凯特琳都死了,但是我没有杀人。我只能逃跑。

他说,他知道。他看见今天报纸上的结婚照。他知道我现在是什么人。

几个星期以前,我开车行经他们的房子。我说我看见他跟妈在整理庭院。我把车停在街上不远处,停在一棵开花的樱花树下。我的车,海伦的车,上面盖满了粉红色的花瓣。他跟妈两个人,我说,他们两个看起来都很好。

我告诉他,我也很想念他。我也爱他。我告诉他,我没事。

我说,我不知道该怎么办。我说,不过一切会没事的。

在这之后,我只是聆听着。我等着他停止哭泣,好让我可以跟他说对不起。

37

葛托勒庄园沐浴在月光下，这幢乔治式宅邸有八间卧室、七间浴室、四座壁炉，所有的一切空荡而泛白。所有的一切回响踏在打磨地板的每一声脚步声。房屋因缺少灯光而阴暗。因为缺少家具或地毯而阴寒。

“这里，”海伦说，“我们可以在这里做，没有人会看见我们。”她打开入口的灯源开关。

天花板高得简直就像天空一样。光来自远处隐约的水晶吊灯，大小如同一只水晶做的气象气球，光线将长型窗变成镜子。光线将我们的影子投射在我们背后的木头地板上。这是个足足有一千五百平方英尺的交谊舞厅。

我，我的工作丢了。警察想抓我。我的公寓臭烘烘。我的照片上了整版的报纸。我花了一整天躲在前门的矮灌木丛中，为了等天黑。为了等海伦·胡佛·波尤告诉我她心里在想什么。

她把魔法书夹在腋下。书页沾染着粉红色与紫色。她将书本在手中打开，给我看一则咒语，英文字母用黑笔写在原本异国的胡言乱语之下。

“念出来。”她说道。

这个咒语？

“大声念出来。”她说。

而我问，这个有什么作用？

而海伦说：“要小心水晶吊灯就是了。”

她开始念，这些字眼单调而平均，她就好像在数数一样，好像它们是数字一样。她开始念，而她的皮包开始从垂在腰间的地方飘浮起来。她的皮包越飘越高，直到肩带将皮包勒在她身上，像一朵黄色的气球一样飘浮在她的头上。

海伦继续念，而我的领带从我身体前方飘出去。像一只青蛇从篮子里往上窜，刷过我的鼻尖。海伦的裙子，群摆开始升起，而她用一手抓住它，将它往下按在两腿之间。她继续念，然后我的鞋带在空中飞舞着。她的垂坠式耳环，珍珠与祖母绿，沿着耳朵两边往上飘。她的珍珠项链，飘浮在脸颊旁边。飘过她的头，一个盘旋的珍珠光环。

海伦抬眼看着我继续念。

我的运动外套在我腋下飘起来。海伦越来越高。她的双眼与我平视。接着我抬起头看着她。她的脚垂挂着，趾尖朝地，它们悬在地板上方。一只黄色的鞋子接着另外一只掉落下来，在木头地板上发出啷当声响。

海伦的声音依旧呆板而平均，她低下头看着我微笑。

接着我有一只脚碰不到地板。我的另一只脚变得松软无力，然后我像在深水里一样踢着腿，试图找到游泳池的底部。我的双手向外抛掷想要抓紧什么。我踢着脚，而我的脚在我身后拉高，直到我面朝下望着交谊舞厅的地板，在我下面四英尺、六英尺、八英尺。我和我的影子离得越来越远。我的影子越变越小。

海伦说："卡尔，小心。"

某个冰冷而易碎的东西包围了我。某些松散的小东西垂挂在我的颈子边，卡进我的头发中。

"是水晶吊灯，卡尔。"海伦说，"小心点。"

我的屁股埋进了水晶珠与水晶片中，我被一只颤摇摆动、叮当作响的章鱼给包围了。这些冰冷的玻璃手臂与假蜡烛。我的双手双脚缠着水晶链子垂坠的珠串。满布尘埃的水晶坠子。蜘蛛网与死蜘蛛。一颗发烫的灯泡烧穿了我的衣袖。离地面这么高，我慌了手脚，紧抓住一只晃过来的玻璃手臂，于是一整个金光闪闪混乱的宝石与水晶片，像风铃一样叮当作响。闪烁的碎片啷当掉落在下面的地板上。全是因为我在里面前后晃来晃去。

而海伦说："住手，你会把它给毁了。"

然后她来到我身边，飘浮在这一片光芒闪烁的水晶珠帘后方。她的嘴唇默念开合。海伦粉红色的指甲拨开珠串，她对着我微笑，说："首先，让我们把你转到正确的方向。"

魔法书不见了，而她将水晶举到一旁漫游靠近。

我用双手抓住一只水晶吊灯的玻璃灯臂。随着我每一次的心跳，灯上百万个闪烁的小东西便摇晃颤动。

“假装你在水里。”她说，然后将我的鞋带松开。她把鞋子从我脚上脱下来扔到地上。用她染色的手，她松开另一条鞋带，第一只鞋子落到地板上发出声响。“来。”她说道，然后将双手伸进我的手臂下。“把夹克脱掉。”

她将我的夹克丢到水晶吊灯外。然后是我的领带。她脱掉自己的外套让它落在地上。在我们四周，水晶吊灯闪耀着百万道水晶彩虹。由于上百颗小灯泡而暖和。发烫灯泡上的灰尘散发出烧灼的气味。一切净是目眩神迷、悠悠颤颤，我们飘浮在中空的区块。

我们飘浮之处只有光与热，其他什么都没有。

海伦无声地念着字句，而我的心仿佛涨满暖流。

海伦的耳环，她所有的珠宝发出灼烁光彩。你只能听见我们周遭叮当的敲击乐音。我们的摇摆越来越少，我开始放松下来。我们身边有百万颗闪耀的明亮星星，当上帝的感觉必定就是这样。

而这个，也是，我的人生。

我说，我需要找个地方住。躲警察。我不知道下一步该做什么。

伸出她的手，海伦说：“来。”

而我握住她的手。而她没有放开手。然后我们接吻。感觉很不错。

而海伦说：“你可以暂时住在这里。”她用粉红色的指甲弹了一下闪闪发光的玻璃珠，其切割的平面洒出千百个不同方向的光芒。她说：“从今以后，我们可以随心所欲。”她说：“随心所欲。”

我们接吻，她的脚趾头脱去我的袜子。我们接吻，我解开她上衣背后的纽扣。我的袜子、她的上衣、我的衬衫、她的裤袜。有些东西落在底下的地板上，有些东西缠绕悬挂在水晶吊灯的底部。

我肿胀发炎的脚，海伦因为受到蚵仔攻击而结痂变硬的膝盖，这些都躲不过对方的眼睛。

已经有二十年了，但如今我在此，一个我从没梦想过还能置身的地方，而我说，我谈恋爱了。

而海伦，在这盏灯的中央平滑发亮且发热，她微笑并将头向后甩，说："我的用意正是如此。"

我跟她谈恋爱了。谈恋爱。跟海伦·胡佛·波尤。

我的裤子和她的裙子飘落到地上一堆东西上，掉落的水晶、我们的鞋子，全都和魔法书一起堆在地板上。

38

海伦·波尤房地产的办公室前，门上了锁，而当我敲门的时候，梦娜透过玻璃门大吼说："我们不营业。"

而我吼说，我不是客户。

门内，她坐在她的电脑前，键入某个东西。每按下几个键盘，梦娜便来回检视着键盘与屏幕。在屏幕上，最上方的大写字母，写着"履历"。

警察无线电通讯器报出代码九一二。

依旧打着键盘，梦娜说："我不晓得我为什么不该对你提出伤害罪的起诉。"

或许她在乎我和海伦，我说。

而梦娜说："不，不是这样。"

或许她没通风报信是因为她还想得到魔法书。

而梦娜什么都没说。她将椅子转过来，撩起她宽松农夫装上衣的一侧。她肋骨上的皮肤，在她手臂的下方，白皙上沾着紫色斑点。

严管勤教。

透过连接到海伦办公室的门，海伦大叫："另外一个意思是'受苦受难'（tormented）的字是什么？"她的桌上满是打开的书本。在书桌下，她穿着一只粉红色鞋和一只黄色鞋。

粉红色的丝绸沙发、梦娜精雕细琢的路易十四式书桌、雕刻着狮腿的沙发高脚桌，全都凝着一层灰。插好的盆花已经枯萎变黄，立在变黑、发臭的水里。

警察无线电通讯器报出代码三一一。

我说，我很抱歉。抓她是不对的。我用手捏着裤管的打褶处，拉起裤脚给她看我小腿上的紫色淤青。

"那不一样。"梦娜说，"我是为了自卫。"

我跺了几下脚，说我的发炎状况已经好多了。我说，谢谢。

而海伦大叫："梦娜？'残杀'（butchered）的另一个说法的字是什么？"

梦娜说："你要走的时候，我们需要谈一谈。"

在里间的办公室，海伦低头看着一本翻开的书。那是本希伯来文字典。它旁边有一本古典拉丁文的指南。它下面是一本关于亚兰语（Aramaic）①的书。在它旁边是打开的勾魂歌抄本。书桌旁的垃圾桶中装满了纸咖啡杯。

---

① 古代中东闪族语系的语言之一，缘起于公元前三世纪左右，目前仍有人使用。

我说，嗨。

而海伦抬起头看我。她绿色的领子上有一点咖啡渍。魔法书打开放在希伯来文字典旁。而海伦眨了一次、两次、三次眼睛，然后说："史崔特先生。"

我问她想不想去吃午餐。我还得去对付约翰·纳什，去跟他对质。我指望她能给我一点东西让我占上风。也许，一个隐形的咒语。或者是一个控制心智的咒语。也许是某个让我不必杀死他的东西。我过来看看她在翻译的东西。

而海伦在魔法书上盖上一张纸，说："我今天有点忙。"手中拿着一支笔，她等着。用另一只手，她合上字典。她说："你不是该忙着躲警察吗？"

而我说，看一场电影怎么样？

而她说："这个周末不行。"

我说，我帮我们俩买票听交响乐如何？

而海伦在我们两人中间挥着手说："你爱怎么做就怎么做。"

而我说，太好了。那么这就算我们的约会啰。

海伦将她的笔放进耳后的粉红色头发中。她打开另一本书将它搁在希伯来文书上。海伦的一根手指头定在字典上的地方，她抬起头看着我说："不是我不喜欢你。只不过我真的非常、非常忙。"

打开的魔法书上，旁边露出的一角有一个名字。写在书页空白处是今天的名字，今天的暗杀对象。上面写着，卡尔·史崔特。

海伦合上魔法书说："希望你能了解。"

警察无线电通讯器报出代码七二。

我问她今晚会不会来看我，来葛托勒宅邸。站在她办公室的门口，我说，我等不及要跟她相聚。我需要她。

而海伦微笑着说："我的用意正是如此。"

在外面的办公室，梦娜抓住我的手腕。她拿起她的皮包，将肩带挂在肩膀上，大叫："海伦，我要出去吃午餐了。"对着我，她说："我们需要谈谈，不过要到外面。"她打开上了锁的门让我们出去。

在停车场，站在我的车子旁，梦娜摇着她的头，说："你根本搞不清楚发生了什么事，对吗？"

我谈恋爱了。杀了我吧。

"跟海伦？"她说。她在我的眼前弹了一下手指，她说："你不是谈恋爱。"她叹了口气说："你听说过爱情咒语吗？"

不管是为了什么原因，纳什干着死掉的女人浮现脑海。

"海伦找到一个计擒你的咒语，"梦娜说，"你受控在她的魔力之下。你不是真的爱她。"

我不是？

梦娜直视着我的双眼，说："你最后一次想把魔法书烧掉是什么时候？"她指着地面说："这个？你称为爱情的东西？这不过是她用来操控你的方法。"

一辆车开过来停下，里面是蚵仔。他只是把头发从眼睛上往后甩，坐在方向盘后方，注视着我们。碎裂般的金发朝着四面八方爆开。两道深陷的平行线，割痕，划过他的两颊。赭红色的作战彩绘。

蚵仔的手机响起，他接起电话说："杜兰、迪姆与多恩律师事务所。"

强大的意志权力。

但是我爱海伦。

“不对。”梦娜说道。她瞥了蚵仔一眼：“你只是以为你爱她。她对你设了陷阱。”

但这是爱情。

“我认识海伦的时间比你久得多。”梦娜说道。她双手交叉看着她的腕表。“这不是爱情。这是一个美丽、甜蜜的咒语，但是她正把你变成她的奴隶。”

39

古希腊文化的专家说，那个时代的人不认为他们的思考属于自己。当古希腊人有了一个想法，对他们来说，乃是男神或女神对他们下了一道指令。阿波罗告诉他们要勇敢。

雅典娜告诉他们去谈恋爱。

如今人们听了酸奶油口味洋芋片的广告就赶忙跑去买。

在电视与收音机与海伦·胡佛·波尤的魔咒间，我再也不知道我到底要什么。甚至连我是否相信自己，我都不晓得。

当天晚上，海伦开车载我们俩去古董店，那个她损毁许许多多家具的大仓库。仓库阴暗且紧闭，但她将手按在一个锁上，念了一首短诗，接着门便旋开。没有任何防盗警铃响起。什么都没有。我们漫步走入家具迷津的深处，断电无光的水晶吊灯悬挂在我们头顶上方。月光透过天窗闪耀着光芒。

“你看这有多容易。”海伦说，“我们可以随心所欲。”

不对，我说，她可以随心所欲。

海伦说：“你还爱我吗？”

如果这是她要的话。我不知道。如果她这么说的话。

海伦抬头望着隐约的水晶吊灯，那个镀金镶水晶的垂挂式牢笼，然后她说：“有时间打一炮吗？”

而我说，又不是说我有得选择。

我不知道在我想要的东西以及我被训练成想要的东西有什么差别。

我分不清什么是我真正想要的以及什么是我被设计想要的。

我现在讲的东西是自由意志。我们有自由意志吗？还是上帝口述并编写我们所做、所说、所想的一切？我们有自由意志吗？还是从我们出生的那一刻开始，大众媒体与我们的文化便控制了我们，我们的欲望与行动？我们有自由意志吗？还是我的心智受控于海伦的咒语之下？

站在一座门板上有大型斜角玻璃镜，用核桃木树节做成的摄政时期橱柜前，海伦轻抚着雕琢的涡卷雕工与花环说：“跟我一起长生不老。”

就跟这些家具一样，穿越一个又一个的时代，看着所有爱我们的人逝去。寄生虫。这些橱柜。海伦与我，世人文化中的蟑螂。

横过镜子门扉的疤痕，是海伦钻戒所凿出的旧割痕。来自当时她憎恨这个长生不老废物的时期。

想象长生不老，在那里即便半个世纪的婚姻，感觉上都像是一夜情。想象目睹潮流与时尚在你身旁一闪而过。想象这个世界每个世纪都愈发拥挤和绝望。想象宗教、家庭、饮食、职业的改变，直到它们全都不再具有任何真正的价值。想象环游世界直到你厌倦了每一小块地方。想象你的情绪、你的爱与恨与竞争与胜利，一次又一次的上演，直到一切都变成了通俗肥皂剧。直到你观看其他人的生与死再也不带任何情感，就如同丢弃那些枯萎的花朵一样。

我告诉海伦，我想我们已经长生不老了。

她说："我有这份法力。"她啪一声打开她的皮包，捞出一张折好的纸，她将纸甩一甩打开说："你听说过'灵视'(scrying)①吗？"

我不知道我知道什么。我不知道什么才是真的。我怀疑自己真的知道任何事情。我说，告诉我吧。

海伦从脖子上抽下一条粉红色的丝巾，拭去橱柜门扉大镜子上的灰尘。这座摄政时期的橱柜有镶嵌的橄榄木雕刻，以及第二帝国时期火镀的五金，贴在柜子上的索引卡片这么写。她说："巫师们会在镜子上抹油，然后念一个咒语，接着他们能从镜子中读出未来。"

未来，我说，太好了。旱雀麦。葛藤。尼罗鲈。

此刻，我甚至不确定我能否读出现在。

海伦拿起纸开始念。以她念飞行咒语那种单调、数数儿的声音，她念出几句短句。她放下纸张，说："魔镜，魔镜，告诉我们，如果我们彼此相爱并且使用我们的新法力的话，我们的未来将会是什么样子。"

---

① 占卜用语，表示各式灵视、透视、观想、想象的预言方法，根据使用器具的不同，可以分为"水晶球占卜"、"水占"、"火占"、"镜占"等等。

她的新法力。

“‘魔镜，魔镜’那一段是我自己编出来的，”海伦说。她将手塞到我的手上轻轻握了一下，但我没有回握。她说：“我在办公室里拿粉饼盒的镜子做测试，结果就好像用显微镜看电视一样。”

在镜子中，我们的倒影变得模糊，形状游衍聚合，倒影混合成一片均匀的灰。

“告诉我们，”海伦说，“秀给我们看两人一起的未来。”

在一片灰中，形状开始出现。光与影游衍聚合。

“你看。”她说，“那是我们。我们重返青春。我有办法。你看起来跟报纸上一样。那张结婚照。”

一切极度失焦。我不知道自己看见什么。

“你看。”海伦说道。她的下巴朝着镜子一摆。“我们统治着世界。我们创立一个王朝。”

*然而要怎么样才足够？*我可以听见蚵仔说着，他还有他人口过剩的论调。

权力、金钱、食物、性、爱。我们能有足够的一天吗？抑或是得到一些使我们渴求更多。

在未来那一团变换移转的混乱中，我什么都认不出来。除了更多的过去之外，我什么都看不见。更多的问题，更多的人口。更少的生物多元性。更多的苦难。

“我看到我们俩永远在一起。”她说。

我说，如果这是她想要的话。

而海伦说：“这话是什么意思？”

就是任何她想要赋予的意思，我说。她是那个操作傀儡的人。

她是那个种下她小小种子的人。将我殖民。将我占领。大众媒体、文化、一切的东西都在我的皮肤底下产卵。老大哥喂养着我的需要。

我真的想要有个大房子、跑车、上千个性伴侣吗？我真的想要这些东西吗？还是我被训练成想要它们？

镜中的灰正混合着、盘绕着，什么都有可能。无论未来到底有什么，它最终都令人大失所望。

而海伦拾起我另外一只手。将我的双手握在她的手中，她将我拉近，说："看着我。"她说："梦娜是不是跟你说了什么？"

我说，你爱的是你。我只是不想再被利用了。

我们头顶上的水晶吊灯，在月光下散发出银色光芒。

"梦娜说了什么？"海伦问。

而我数着一，数着二，数着三……

"别这么做，"海伦说，"我爱你。"握了一下我的手，她说："别把我挡在外面。"

我数着四，数着五，数着六……

"你就像我的丈夫一样。"她说，"我只是希望你快乐。"

这很简单，我说，在我身上施个"快乐"咒语就好了。

而海伦说："没有这种咒语。"她说："他们靠的是药物。"

我不想让世界变得越来越糟。我想要设法解决我们造成的这团混乱。这些人口。这个环境。这个勾魂咒语。摧毁我人生的同一种魔法应该要有能力把它解决。

"不过我们办得到，"海伦说，"我们用更多的咒语。"

咒语来解决咒语来解决咒语来解决咒语，而生活却只是以我们前所未见的方式变得愈来愈惨。这是我在镜中看见的未来。

尤金·史弗林先生跟他的椋鸟，史宾塞·拜耳德跟他的鳄鱼，历史上触目皆是些想要解决事情的聪明人，但却只是让事情更糟。

我想要烧了魔法书。

我告诉她梦娜跟我说的话。说她怎么对我施了咒语，让我成为她长生不老的爱情奴隶直到永远。

“梦娜说谎。”海伦说道。

但是我怎么知道？我能相信谁？

镜中的一片灰，这个未来，或许它对我来说看不清楚的原因，是因为如今一切对我来说都不清楚。

而海伦放下我的手。她大手一挥，指着摄政时期的橱柜、联邦时期的书桌、意大利文艺复兴时期的衣帽架，说：“因此如果现实全都只是一个咒语，而且你不是真的想要你认为自己想要的东西……”她将她的脸挤到我的脸面前，说：“如果你没有自由意志。你不是真的知道你知道的是什么。你不是真的爱你以为你爱着的人。那么你还剩下什么赖以维生？”

什么都没有。

这只不过是我们俩站在这里，所有的家具冷眼旁观。

想想深沉的外太空，你的妻女等候着的异常寒冷又安静之处。

而我说，拜托你。我告诉她给我她的手机。

镜中的灰依旧移转流动着。海伦打开她的皮包把手机交给我。

我打开话盖拨了九一一。

一个女人的声音说：“要叫警察、消防队或是救护车？”

而我说，救护车。

“地点在哪里？”这个声音说。

而我告诉她第三大道上我和纳什碰面的酒吧地址，靠近医院的酒吧。

“医疗紧急事故的种类是什么？”

四十个职业拉拉队员发生热衰竭。一个女子排球队员需要口对口人工呼吸。一群时尚名模需要胸部检查。我告诉她，如果他们有个叫做纳什的紧急救护技师，派他过来。我告诉她，如果他们找不到纳什的话，就别费心了。

海伦拿回她的电话。她看着我，眨了一次、两次、三次眼睛，慢慢的，然后说：“你在打什么主意？”

我所剩下的，或许获得自由唯一的方法，就是去做那些我不想做的事情。阻止纳什。向警方招供。接受我的惩罚。

我需要反抗我自己。

这与遵循天赐洪福完全相反。我必须去做我最害怕恐惧的事。

40

纳什吃着一碗辣豆。他坐在第三大道这家酒吧后方的桌子前。酒保往前跌坐在吧台上，他的手臂还在吧台凳上晃啊晃的。两男两女脸朝下趴在包厢座椅桌上。他们的烟还架在烟灰缸上，只烧了半根。另一个男人躺在洗手间的门口。另一个人死了，身子伸展在台球桌上，手里还抓着台球杆。吧台后方，收音机的静电在厨房里震天价响。一个穿着油腻围裙的人面朝下趴在烤肉架上的汉堡中间，烤肉架噼里啪啦地冒着白烟，香甜油腻的烟从男人的脸往上冒，沿着天花板翻滚流窜。

纳什桌上的蜡烛是这个地方唯一的光源。

而纳什抬起头，嘴边有红色的辣豆，他说："我想你喜欢隐秘一点。"

他穿着白色的制服。附近的一具尸体也穿着相同的制服。

"我的搭档。"纳什说道,对着尸体点了个头。当他点头的时候,他的马尾,那棵黑色的小棕榈树,在他的头顶前后摇曳。红色的辣豆污渍从他前面的制服流下。纳什说:"我老早就该勾走他的魂。"

在我背后,通往街道的门打开,一个男人走进门。他站在那里,四下张望。他大手挥了挥弥漫的浓烟,张望四周,说:"搞什么鬼?"然后大门在他背后关上。

而纳什收紧下巴,用两根手指头在胸前口袋中打捞着。他拿出一张沾染了红色黄色食物的白色索引卡片,然后他念出勾魂歌,他的话语平板而规律,就跟某人大声数着数一样。就跟海伦一样。

在门口的男人,他的两眼翻白。他的膝盖弯曲,然后他重重跌到一旁。

我只是站在那里。

纳什将索引卡片塞回他的口袋,说:"好,我们说到哪儿了?"

于是,我说,他在哪里找到这首诗?

而纳什说:"你猜。"他说:"我从你唯一无法将它销毁的地方抄来的。"

他拿起一瓶啤酒,伸长了脖子对着我说:"想。"他说:"用力想。"

这本书《世界诗歌童谣大全》永远会在世间任人发觉。隐遁在众目睽睽之下。只有在这个地方,他说。它永远没办法根除。

不管是为了什么原因,旱雀麦浮现脑海。还有斑马贻贝。还有蚵仔。

纳什喝了些啤酒然后把它放在桌上,说:"用力想。"

我说,那些时尚名模,那些杀戮。我说,他所做的事情是不对的。

而纳什说:“你放弃了?”

他必须认清和死掉的女人发生性行为是不对的。

纳什拿起他的汤匙说:“伟大的老国会图书馆。靠你的纳税钱运作。”

该死。

他将汤匙挖进那碗辣豆里。他将汤匙放进嘴里说:“别训斥我说恋尸癖有多邪恶,”他说:“你是最没有资格教训我的人。”纳什的嘴里塞满辣豆,他说:“我知道你是谁。”

他吞咽下肚,说:“他们还在通缉你去受调查。”

他舔着沾在嘴唇上的辣豆说:“我看到你太太的死亡证书。”他微笑着说:“死后遭到性侵害的迹象?”

纳什指着一张空椅,我坐下来。

“别跟我说,”他越过桌子靠过来说,“别跟我说那不是你享受过最美好的性爱。”

而我说,闭嘴。

“你不能杀我,”纳什说道。他将一把苏打饼干压碎放进碗里说:“你跟我,我们一模一样。”

而我说,那不一样。她是我太太。

“不管是不是你太太,”纳什说,“死了就是死了。那还是恋尸癖。”

纳什用汤匙戳着饼干与红酱,说:“你杀了我就等于杀了你自己。”

我说,闭嘴。

“放轻松，”他说，“关于这件事我没有留下信给任何人。”纳什猛嚼着满口的饼干与红酱。“那么做就太蠢了。”他说，“我是说，你想想看。”然后他塞进更多的辣豆。“他们只需要念一下。我可不需要这种竞争。”

残缺而杂乱，这就是我生活的世界。在离上帝这么远的地方，我就是被留下来跟这些人共存。人人都想夺权。梦娜还有海伦还有纳什还有蚵仔。少数认识我的人恨我。我们彼此憎恨。我们彼此害怕。整个世界都是我的敌人。

“你和我，”纳什说，“我们不能相信一般人。”

欢迎光临地狱。

假如梦娜说的是真的，那么杀死纳什就是拯救他。将他归还给上帝。透过解除他的罪恶，使他重新与人性连接。

我的眼睛看着他的眼睛，而纳什的嘴唇开始动。他的口气全是辣豆的味道。

他正念着勾魂歌。跟狗吠一样用力，他使劲地说着每一个字，以至于辣豆在他嘴边冒着泡泡。点点红酱喷出来。他停下来望向他胸前的口袋。他的手往下挖着他的索引卡片。他用两只手指头拿出来，开始念。卡片染脏到他得将它在桌布上擦拭一番，然后再开始念。

听起来沉重而浑厚。这是末日审判的声音。

我的眼睛松弛，世界模糊成一片失焦的灰。我所有的肌肉全都舒缓拉长。我的眼睛往上翻，我的膝盖开始折弯。

受死就是这种感觉。接受救赎。

但如今，杀人只是个反射动作。是我解决一切的方法。

我的膝盖弯曲，而我分三个阶段落到地上，我的屁股、我的背、我的头。

就跟从我体内深处发出的打嗝、打喷嚏、打呵欠一样快，勾魂歌鞭窜过我的脑海。所有我未了蠢事的压力锅，从来没失手过。

灰色又重新聚焦。平躺在酒吧的地板上，我看见油腻的灰烟沿着天花板滚动。你可以听见那个家伙的脸继续在油炸着。

纳什，他的两只手指头任卡片掉落在桌子上。他的眼珠子向上翻。他的肩膀耸起，而他的脸落在那碗辣豆里。红酱喷得到处都是。他穿着白色制服的肥大身躯翻摔下来，而纳什撞上我身旁的地板。他的眼睛看进我的眼里。他的脸沾满了辣豆。他的马尾，他头顶的那棵黑色小棕榈树，松脱散开，黏腻的黑发了无生气地垂在他的脸颊与额头上。

他得到了救赎，而我没有。

油腻的熏烟停留在我上方，烤肉架噼里啪啦嘶嘶作响，我从地上捡起纳什的索引卡。我将它拿到烛火上方，在熏烟中加入熏烟，而我只是注视着它燃烧。

警笛响起，火灾警报器，声音大到我听不见自己的思绪。说得像我真的思考过一样。说得像我真的能思考一样。警笛声填满我。老大哥。它占据我的心思，如同军队占据一座城。当我坐着等着警察来拯救我，将我送到上帝身边并让我与人性团圆之际，警报器哭号着，淹没过所有的一切。而我心满意足。

41

这是在警方宣读完我的权利之后。在他们将我的手铐在我的背后,开车载我到分局之后。这是在第一个巡警到达现场之后,看了一眼尸体说:“亲爱的、受苦受难的耶稣基督啊。”在救护人员将死厨师滚下烤肉架,看了一眼他炸烤过的脸颊,然后吐在自己对捧的手掌上之后。这是在警察让我打我那唯一一个电话之后,然后我打电话给海伦说我很抱歉,但事情到此为止。我被捕了。而海伦说:“别担心。我会救你。”在他们捺过我的指纹,照过建档大头照之后。在他们没收我的皮夹和钥匙和手表之后。他们将我的衣服——我的棕外套和蓝领带——放在一个塑胶袋中贴上我的新罪犯编号。在警察领着我走过一条冰冷、煤渣水泥盖的走廊,全身赤裸进入一间冰冷的水泥房间之后。在他们留下我跟一个健壮、理着小平头、手大得跟捕手手套一样的老警官独处一室之后。独处在这间除了一张书桌、我的一袋衣服，还有一罐凡士林之外，什么都没有的房间里。

待我单独与这位灰发斑斑的老牛相处之后，他戴上一只乳胶手套，说："请转身面向墙壁，弯腰，然后用你的双手把你两片屁股扳开。"

而我说，什么？

而这个皱眉蹙额的彪形大汉将两只戴着手套的指头抹过那罐凡士林，然后说："体腔检查。"他说："现在转身。"

而我数着一，数着二，数着三……

然后我转过身。我弯下腰。一手抓住一边的屁股，把它扳开。

数着四，数着五，数着六……

我与我被干掉的道德伦理。跟沃楚德・瓦格纳还有杰弗里・达默还有泰德・邦蒂一样，我是个连续杀人凶手，而我的惩罚就从这里开始。证明我的自由意志。这是我获得救赎的道路。

而条子的声音，嘶哑又充满烟味，他说："这个标准程序施用于所有被视为具危险性的拘留人犯。"

而我数着七，数着八，数着九……

条子咆哮着说："你会感觉到些微的压力，放轻松就是了。"

然后我数着十，数着十一，数着……

然后他妈的。

他妈的！

"放轻松。"条子说。

他妈的。他妈的。他妈的。他妈的。他妈的。他妈的！

这种痛，比梦娜用她火烫的镊子戳我还痛。比用酒精按摩洗去我流的血还痛。我双手紧紧抓住两片屁股，同时用力咬紧牙根，汗滴从我的大腿上流下来。我额头上的汗珠滴在我的鼻子上。我的呼吸停止。汗珠直接落到地面上，滴在我光着的两脚之间，我的脚掌站得很开。

某个又粗又硬的东西在我体内扭转深入，而条子可怕的声音说："对，放轻松，兄弟。"

而我数着十二，数着十三……

扭转停止。又粗又硬的东西往后退出，速度缓慢，几乎全退出去。然后它又往内扭转深入。慢得跟时钟的时针一样，然后加快，条子滑溜溜的手指头戳进去、退出来、戳进去、退出来。

靠在我的耳朵旁，条子那碎石子与烟灰缸般的老人声音说："嘿，兄弟，有空打一炮吗？"

而我全身上下一阵痉挛。

而条子说："小兄弟好样儿的，有人就是这么紧。"

我说，警官。求求你。你不晓得。我可以杀了你。求求你别这么做。

而条子说："要先放开我，我才能打开你的手铐。是我，海伦。"

海伦？

"海伦·胡佛·波尤？记得吗？"条子说，"两天以前，你在水晶吊灯里对我做差不多一模一样的事？"

海伦？

那个粗硬的东西还扭在我的体内深处。

条子说："这个叫做占据咒语。我几个小时前才刚翻译完成。我现在把这个叫什么来着的警官压在他的潜意识中。我来指挥他的大局。”

警官又冷又硬的鞋底推撞我的屁股，然后又粗又硬的手指头拔了出来。我的双脚之间有一洼汗水。依旧咬着我的牙根，我站起身，动作迅速。

警官看着他的手指头说：“我还以为我的指头没救了。”他闻了闻手指头，做了个猥亵的表情。

太好了，我说，深深呼吸，双眼闭上。一开始她控制我，如今我得担心海伦控制我身边的每一个人。

而条子说：“今天下午我控制梦娜几个小时。只为了测试一下这个咒语，还有为了她吓你报复她一下，我帮她小小改造变身一下。”

条子抓了抓他的裤裆。“这真是神奇。这样跟你在一起，你让我硬了起来。”他说：“这样听起来有性别歧视的意味，不过我一直想要有根阴茎。”

我说，我不想听这个。

而海伦说，虽然是透过条子的嘴巴，她说：“我想一旦我把你送上出租车，我大可在这家伙体内多留一会打一枪。亲身体验一下。”

而我说，如果你以为这会让我爱你，你最好再想一想。

条子的脸颊流下一滴泪珠。

全身赤裸站在这里，我说，我不要你。我不能信赖你。

“你不能爱我，”条子说，海伦用条子嘶哑的嗓音说，“是因为我是女人，而我拥有的力量却比你大。”

而我说，走吧，海伦。滚出这个地方。我不需要你。我要为我所犯下的罪付出代价。我已经厌倦为了使我自己的恶事合理化，而把世界变成错的。

而如今条子痛哭流涕，另一个条子走进来。是个年轻的警察，而他从望着老条子，哭泣，到我，光溜溜。年轻条子说："这里一切没事吧，探长？"

"太好了。"老条子说，抹着他的眼睛，"我们相处十分愉快。"他看见自己用戴着手套的手抹眼睛，从我屁股中拿出来的手指头，他急促尖叫一声，扯下他的手套。他全身猛烈颤动了一下，然后他将油腻腻的手套丢向房间另一头。

我告诉年轻条子，我们只是聊了一下。

而年轻条子将拳头送到我面前说："你给我闭上他妈的嘴。"

老条子，探长，在书桌的桌缘坐了下来，将两只腿交叠。他将眼泪吸回去，然后甩着头，仿佛将头发甩向脑后一般，说："好了，如果你不介意的话，我们想单独相处。"

我只能望着天花板。

年轻条子说："当然好，探长。"

而探长拿了一张面纸轻拭着他的眼睛。

接着年轻条子快速地转身，撅起我的下巴，推挤着我紧靠墙壁。我的背部与大腿贴着冰冷的水泥，这个条子说："你别跟探长玩花样！"他大吼："听见了没？"

而探长带着一个无力的微笑抬起头说："对。你听见他说的话了。"然后抽了一下鼻子。

年轻条子松开我的喉咙。他往后退到门口，说："我就在门外，如果你需要……任何东西的话。"

“谢谢。”探长说道。他抓住年轻条子的手，紧握一下，说：“你人真好。”

而年轻条子猛然将手拔开，然后离开房间。

海伦在这个男人的体内，就像电视在你体内播种一样。就像旱雀麦占领整片风景一样。就像一首歌停留在你的脑海。就像鬼魂纠缠萦绕房屋一样。就像细菌让你发炎一样。就像老大哥占据你的注意力一样。

这个探长，海伦，站起身来。他把玩着他的枪套然后拔出他的枪。用两只手拿着手枪，他拿枪指着我说：“现在将你的衣服从袋子里拿出来穿上。”探长将眼泪往回吸，然后一脚把装满衣服的垃圾袋踢向我，说：“把衣服穿上，妈的。”他说：“我是来救你的。”

手枪颤颤巍巍，探长说：“我要你离开这里，这样我才能打一枪。”

42

四面八方，文字话语全都混杂在一起。文字与歌词与对话全混合在一锅可能引发连锁反应的汤水里。或许神力行为（acts of God）[①]就是媒体垃圾扔进空气中的正确组合罢了。错误的文字冲突抵触而引发一场地震。如同祈雨舞召唤暴风雨一样，文字话语的正确组合大可以招来龙卷风。混合掺杂太多的广告歌可能是全球温室效应背后的元凶。太多的电视节目重播换来换去很可能造成飓风。癌症。艾滋病。

在出租车上，前往海伦·胡佛·波尤房地产办公室的途中，我看见报纸头条夹杂着手写字招牌。传单钉在电话柱上夹杂着第三

① 指的是像天灾或自然灾害这种不可抗的力量，但作者想要表达的意思比较接近字面的意思，也就是上帝的作为。

类广告邮件(third-class mail)①。街头艺人的歌曲夹杂着背景音乐夹杂着街头叫卖声夹杂着谈话广播节目。

我们活在一座摇摇晃晃的胡言乱语之塔(tower of babble)②。一个不可靠的文字语言之现实。一个灾难的基因汤。自然世界已经被摧毁,我们剩下的只有这个乱哄哄的语言世界。

老大哥唱歌跳舞,我们只能观看。棍棒石头也许会打断我们的骨头,但我们的角色只是扮演一个称职的观众。只要付出我们的注意力并且等待下一场灾难的来临。

我的屁股贴在出租车的座椅上,感觉起来仍然油腻腻而且外脱。

还有剩下三十三本诗集等我们找出来。我们需要造访国会图书馆。我们需要清理这一团乱并确保它绝不会再发生。

我们需要警告人们。我的人生已经完了。这是我的新人生。

出租车停进停车场中,梦娜在前门外,用一大串钥匙锁上门。等一等,她有可能是海伦。梦娜,她的头发挑高起来、反梳、弄蓬成一大朵红黑相间的泡泡。她穿着一套棕色套装,但不是巧克力的棕色。比较像是高级饭店里盛在丝绸软垫上的榛果松露巧克力。

一只箱子放在梦娜脚边的地上。在箱子上是一个红色的东西,一本书。魔法书。

---

① 在美国的邮政系统中,第三类邮件通常是大量寄出的印刷品、广告、目录、商品、种子、衣服与其他杂物,其中大部分是所谓的垃圾邮件(junk mail)。

② 现今时常使用的一种说法,babble 是婴儿牙牙学语的意思,引申为说话不清不楚。这个说法是缘起于婴儿学语或者 Tower of Babel——圣经中盖在巴比伦城的巴别塔,人类想要盖一座高塔通上天堂,却激怒了上帝,上帝因而使人类说起不同的语言,彼此无法沟通,因而无法完成高塔——这两种起源都有各自的支持者。

我穿越过停车场，而她大叫："海伦不在这里。"

警察无线电通讯器上说什么第三大道上的一家酒吧里每个人都死了，梦娜说道，还有我被捕了。将箱子放进她的后车厢，她说："你刚好错过波尤女士。她刚才哭着跑出去了。"

探长。

海伦那辆充满皮革味的大型房地产经纪人用车不见踪影。

低头望着她自己棕色的高跟鞋，她剪裁合身的套装，垫肩和打褶，有着黄玉纽扣的娃娃装，她的短裙，梦娜说："别问我这是怎么发生的。"她举起她的手，她黑色的指甲被搽成粉红色镶着白色的指尖。梦娜说："请告诉波尤女士我并不喜欢让我的身体被绑架还对我做这些烂事。"她指着她自己僵硬的泡泡头，她红扑扑的脸颊和粉红色的唇膏，她说："这等同于时尚强奸。"

用她全新的粉红色指甲，梦娜猛力甩上她的车厢盖。

指着我的衬衫，她说："跟你朋友的事情搞得有点血腥吗？"

这些红点是辣豆酱，我告诉她。

魔法书，我说。我看见了。那红色的人皮。五芒星刺青。

"她给我的。"梦娜说道。她打开她棕色的小皮包，手伸进去，说："她说她再也不需要了。我说过了，她很难过。她在哭。"

用两只粉红色的手指头，梦娜从她的皮包掏出一张折好的纸。那是魔法书的纸页，上面有我名字的那一页，她将纸张拿给我说："好好照顾你自己。我猜某个政府机关里面的某个人一定要你没命。"

梦娜说："我猜海伦小小的爱情咒语必定是逆转了。"她踉跄地走在她棕色的高跟鞋中，靠在车子上，她说："信不信由你，我们这么做是为了救你。”

蚵仔躺在车的后座上，过于静止、过于完美，而不像还活着。他碎裂的金发散落在座椅上。他霍皮族的药草袋还挂在脖子上，香烟从里面掉了出来。他脸颊上的红色疤痕来自海伦的车钥匙。

我问，他死了吗？

而梦娜说：“你想得美。”她说：“不，他会没事的。”她坐进驾驶座发动车子，说：“你最好赶紧找到海伦。我想她可能会做傻事。”

她甩上车门，开始倒车离开她的停车位。

透过她的车窗，梦娜大叫：“查查新延续系统医学中心。”她把车开走，大叫：“我只希望你还不会太迟。”

43

在新延续系统医学中心的第一三一室中，地板闪闪发光。当我走过房间时，塑胶地板不时弹起小东西并发出劈啪声，走过红绿相间、黄蓝相间的碎片。红色的液滴。钻石与红宝石，祖母绿与蓝宝石。两只海伦的鞋子，粉红色与黄色，脚跟被敲成软糊。毁坏的鞋子掉在房间的中央。

海伦站在房间的另一头，在一个小灯泡的光圈里，就在桌灯光线的边缘。她靠在不锈钢做成的柜子上。她的双手张开贴着不锈钢。她将脸压在上面。

我的鞋子弹起并压碎地上的彩色宝石，而海伦转身。

她粉红色的唇膏上有一抹血。柜子上有个粉红色与红色的吻痕。她原本趴着的地方是个模糊的灰色窗口，里面有个太完美太白净到不可能是活着的东西。

帕特里克。

窗口边缘上的霜已经开始溶解，溶化的水滴下柜子。

而海伦说："你来了。"她的声音模糊而浓重。血从她的嘴里喷出来。

光是看着她，我的脚便痛了起来。

我没事，我说。

而海伦说："我很高兴。"

她的化妆箱被丢到地板上。在一片七彩的碎片中有扭曲的链子与首饰底座，黄金和白金。海伦说："我试着敲碎那些最大的。"她往手里咳嗽。"其他的我用咬的。"她说，然后咳嗽咳到她的手掌全都是血还有白色的银制品。

化妆箱旁边有一罐流出来的液体水管清洁剂，旁边流了一摊绿色的液体。

她的牙齿全是碎烂、流血的缺口，还有坑坑洞洞露出她嘴巴的内部。她将她的脸贴在灰色窗口上。她的呼吸让玻璃起雾，她血淋淋的手放到她的裙子旁边。

"我不想要回到以前的样子。"她说，"在我遇到你以前的生活方式。"她抹着她血淋淋的手，一直在裙子上抹着。"即便是拥有全世界的力量。"

我说，我们得送她去医院。

而海伦露出一个血淋淋的微笑说："这就是医院。"

这不是针对谁，她说。她只是需要某个人。即便她能使帕特里克复活，她也不希望由于分享勾魂歌而毁了他的人生。即便这意味着必须再度一个人过活，她也绝不希望帕特里克有这种力量。

“你看他。”她说，用她粉红色的指甲碰触灰色的玻璃，“他那么完美。”

她吞咽口水，血还有破碎的钻石还有牙齿，露出一个可怕扭曲的表情。她的手紧紧抓住她的腹部，她靠在不锈钢柜子上，灰色的窗。血和冷凝液流下小小的窗口。

用一只颤抖的手，海伦打开她的皮包拿出一支唇膏。她拿唇膏搽着嘴唇，粉红色的唇膏沾染着血。

她说她已经拔掉低温系统。关掉警铃与备用电池。她说她要与帕特里克一起死。

她想要在此做个了结。那首勾魂歌。那些力量。那种孤独。她说她想要摧毁所有那些人们以为能拯救他们的珠宝。所有这些比才华、睿智与美貌还长命的残渣。所有这些被真正的丰功伟业与成就遗留下来的装饰性废物。她想要摧毁所有这些比它们人类宿主更恒久的华美寄生虫。

皮包从她手中掉落。在地板上，那块灰石从皮包里滚出来。不管为了什么原因，蚵仔浮现脑海。

海伦反胃欲吐。她从皮包拿出一张面纸，用它围在嘴边，然后吐出血以及胆汁以及碎裂的祖母绿。闪耀在她嘴里的，卡在她割痕累累的牙龈肉上，有缺了口的粉红刚玉与破碎的橙色绿柱石。刺进她口腔上方的是紫色尖晶石。陷在她舌头里的是黑色金刚钻。

而海伦微笑着说：“我想跟我的家人在一起。”她将血淋淋的面纸揉成一球塞进她套装的袖口里。她的耳环、她的项链、她的戒指，全都消失无踪。

她这件套装的细节，是某种颜色。一件套装。已经毁了。

她说："求求你。抱着我就好。"

在灰色的窗子中，那个完美的婴儿侧身蜷曲在一个白色的塑胶枕头上。一只大拇指塞在嘴里。如同蓝色冰块一般完美而苍白。

我将海伦抱在怀里，而她抽搐了一下。

她的膝盖开始弯曲，我将她放到地板上。海伦·胡佛·波尤闭上她的眼睛。她说："谢谢你，史崔特先生。"

手里拿着那块灰石，我一拳打破冰冷的灰色窗子。我的双手流着血，我抱出帕特里克，冰冷而苍白。我的血流在帕特里克身上，我将他放在海伦怀中。我用双臂环绕海伦。

如今，我的血和她的血交融在一起。

躺在我的怀中，海伦闭上她的眼睛，在我的大腿上扭着她的头。她微笑着说："当梦娜发现魔法书时，你不觉得太巧了吗？"

斜眼对着我，她睁开眼睛说："我们从头到尾一直拿着魔法书去旅行，难道不会有点太简单明了了？"

海伦躺在我怀里，她抱着帕特里克。然后事情就这么发生了。她抬起手捏了一下我的脸颊。海伦抬头望着我，半张着嘴微笑，双唇间有血和绿色胆汁的斜嘴一笑。她眨个眼说："骗过你了，老爹。"

我的整个身躯，全部肌肉痉挛，因冷汗而湿透。

海伦说："你真的以为老妈会为了你自我了断？捣毁她那些他妈的珍贵珠宝？然后解冻这块冷冻的肉？"她大笑，鲜血和着水管清洁剂在她喉咙里冒着泡泡，她说："你真的以为老妈会因为你不爱她而咬碎他妈的钻石?”

我说,蚵仔?

“在这副肉体里,”海伦说道,蚵仔用海伦的嘴,海伦的声音说,“我在波尤女士的身体里面,不过我敢说你也在她里面待过。”

海伦用双手举起帕特里克。她的小孩,冰冷发蓝有如瓷器。冻僵脆弱有如玻璃。

然后她将这个死婴孩掷向房间另一边,哐啷一声重重撞上不锈钢柜子后落到地上,在塑胶地板上旋转。帕特里克。一只冻结的手臂断裂。帕特里克。旋转的身体撞上不锈钢柜子的角落,双脚啪一声扭断。帕特里克。这个没手没脚的身体,一个破碎的洋娃娃,旋转撞上墙壁,然后脑袋折断了。

而海伦眨了个眼说:“拜托,老爹。别自命不凡了。”

而我说,你真该死。

蚵仔占据海伦,就像军队占据城市的方式一样。海伦占据探长的方式。就像过去、媒体、世界占据你的方式。

海伦说,蚵仔透过海伦的嘴说:“梦娜知道魔法书的事情好几个星期了。从她第一眼看到老妈的行事历,她就知道。”她说:“她只是翻译不出来。”

蚵仔说:“我的专长是音乐,而梦娜的专长是……这个嘛,愚笨是梦娜的专长。”

用海伦的声音,他说:“今天下午,梦娜在某个美容院醒过来,指甲被搽成粉红色。”他说:“她气冲冲回到办公室,她发现波尤女士趴在她的桌子上陷入一种昏迷状态。”

海伦全身战栗抓住她的胃。她说:“打开在波尤女士面前的是一首翻译好的咒语，叫做附身咒语，事实上，所有的咒语都翻译好了。”

她说，蚵仔说：“老天保佑老妈还有她的填字游戏。她在这里某个地方，气炸了。”

蚵仔说，透过海伦的嘴说：“帮我跟老妈问候一声。”

那易碎的蓝色雕像，那冷冻的婴儿，已经粉碎，碎裂在破碎的珠宝间，这里一根断指，那里一只断腿，还有粉碎的脑袋。

我说，所以现在他和梦娜要杀光所有的人，成为亚当和夏娃？

每一个世代都想成为最后一代。

“不是所有人，”海伦说，“我们会需要一些奴隶。”

用海伦血淋淋的手，他伸手向下拉起她的裙子。抓住她的胯下，他说：“或许你跟老妈在她大难临头前还有时间打一炮。”

我将海伦的身体推离我的大腿。

我全身痛楚难当，胜过任何我所经历过的脚痛。

海伦叫出声，随着她滑到地板上叫出一声急促的尖叫。蜷缩在冰冷的塑胶地板上，伴随着粉碎的宝石与帕特里克的碎片，她说：“卡尔？”

她将一只手放到嘴巴上，摸着嵌进里面的珠宝。她扭过身子望着我说：“卡尔？卡尔，我人在哪里？”

她看见不锈钢柜，破碎的灰色窗子。她先看见小小的蓝色手臂。然后是腿。脑袋。然后她说：“不。”

满嘴喷着血，海伦说：“不！不！不！”然后爬过破碎彩色宝石的尖锐光芒，她从损毁的牙齿传出的声音浓重而模糊，她抓取所有的碎块。流着眼泪，覆盖着胆汁与鲜血，房间发出臭味，她紧紧抓着四分五裂的蓝色碎块。双手和小脚、压碎的身体和凹陷的脑袋，她将它们抱在胸前尖叫："噢，帕特里克！帕蒂[1]！"

她尖叫着："噢，我的帕蒂—帕特—帕特！不！"

亲吻着凹陷的蓝色脑袋，将它挤在她的乳房上，她问："发生了什么事情？卡尔，帮帮我。"她瞪视着我，直到一阵痉挛让她折下腰，然后她看见了液体水管清洁剂的空瓶。

"老天，卡尔，帮帮我。"她说，紧紧抱住她的婴儿摇晃着，"老天爷，拜托你告诉我，我是怎么到这里来的！"

而我走向她。我将她抱在我的怀里说，一开始，新屋主假装他从没细看客厅的地板。从没正眼看过。他们第一次参观房子的时候没看。当解说员带他们巡视的时候没看。他们量了房间大小，告诉搬家工人沙发和钢琴要放在哪，运来他们所有的家当，却从没停下来好好正眼看过客厅的地板。他们在假装。

海伦的头朝着帕特里克点着。鲜血从她的嘴巴流出来。她的手臂松开了些，小手指头和脚趾头洒向地板上。

再过片刻，我将独自一人。这就是我的人生。而我发誓，无论天涯海角，我都将追捕蚵仔与梦娜。

好处是这只需要一分钟。

这是首有关动物即将入睡的歌谣。既哀愁又感伤，当我在日光灯下大声念出这首诗的时候，我的脸因氧化性血红素而胀红发热，我靠在不锈钢柜上，海伦松垮垮的身体在我怀里。帕特里克满身是我的血，满身是她的血。她的嘴微张，她金光闪闪的牙齿是货

---

① 帕蒂(Patty)和下文的帕特(Pat)都是帕特里克(Patrick)的昵称。

真价实的钻石。

她的名字叫做海伦·胡佛·波尤。她的眼睛是蓝色的。

我的工作是注意细节。当一名不偏不倚的目击者。每一件事情都是一项调查。我的工作不在于对任何事情产生感情。

这叫做勾魂歌。在某些古代的文化中,当发生饥荒或者干旱的时候,部落人口成长超过土地负荷的任何时候,他们唱这首歌给孩子们听。这首歌也唱给在意外中受伤的战士或者老耄族人或者任何濒死的人。这首歌被用来终结不幸与痛苦。

这是一首摇篮曲。

我说,一切都会没事的。我告诉海伦,摇着她,告诉她,休息吧。告诉她,一切都会平安无事。

44

当我二十岁的时候，我娶了一个名叫吉娜·丁纪的女人，那本该是我的余下的一生。一年后，我们有了个叫凯特琳的女儿，而她本该是我的余下的一生。然后吉娜与凯特琳死了。而我逃跑并成为卡尔·史崔特。而且我成了一名记者。有二十年的时间，那是我的人生。

在那后来，这个嘛，你已经知道发生什么事了。

我不知道我抱着海伦·胡佛·波尤抱了多久。时间够久以后，只剩下她的身体。时间久到她已经停止流血。那时，帕特里克·波尤的碎块，仍然环抱在她的怀中，已经解冻到开始流血。

那时，脚步声来到一三一室的门外。门打开了。

我还坐在地板上，海伦与帕特里克已经死在我怀里，门打开，是那个灰发斑斑的老爱尔兰警察。

探长。

而我说，拜托。拜托，把我关到牢里。我什么事情都认罪。我杀了我太太。我杀了我的小孩。我是沃楚德·瓦格纳，那个死亡天使。杀了我，好让我再与海伦团聚。

而探长说："我们得继续行动。"他从门口走到不锈钢橱柜。在一本便条纸簿上，他用圆珠笔写着。他撕下便条交给我。

他满是皱纹的手散布着点点黑痣，覆着灰毛。他的指甲，又厚又黄。

"请原谅我自我了断。"便条上写着，"我现在跟我儿子在一起了。"

这是海伦的笔迹，如同她的行事历里面一样，那本魔法书。

上面签着："海伦·胡佛·波尤"，用她一字不差的笔迹。

而我的眼光从我怀中的尸体，一团鲜血与绿色水管清洁剂呕吐物，看往站在那里的探长，而我说，海伦？

"在这具肉体里面，"探长说，海伦说，"好吧，不是我自己的肉体。"他说道，然后看着死在我大腿上海伦的尸体。他看着自己满是皱纹的双手，说："我痛恨穿成衣，但是大浪来袭哪里都是港。"

所以这就是我们如何再次上路。

有时候我担心探长其实是蚵仔假装成海伦占据着探长的身体。当我跟这个不管是谁的人一起睡的时候，我会假装这是梦娜。或吉娜。所以到最后一切扯平。

根据梦娜·莎芭特所说，那些吃太饱或喝太多的人，那些染上毒品或性爱或偷窃瘾头的人，他们其实是被鬼魂所控制，这些太爱做这些事到死后都戒不掉的鬼魂。酒鬼和偷窃狂，他们是受到恶灵所附身。

你是文化媒介。是宿主。

有些人依旧以为他们的人生自己做主。

你是附魔者。

我们所有的人都纠缠着别人又被别人纠缠。

某个外来物质永远透过你存活着。你整个人生是让某种东西来到世上的媒介。

一个恶灵。一则理论。一次行销活动。一场政治策略。一则宗教信条。

用警车载着我离开新延续系统医学中心时，探长说："他们有附身咒语和飞行咒语。"他每数一个咒语便举起一根手指头。"他们会有复活咒语——不过只有在动物身上管用。别问我为什么。"他说。她说："他们有个降雨咒语和一个阳光咒语……一个丰饶咒语让农作物成长……一个咒语和动物交谈。"

眼睛不看着我，看着他摊开在方向盘上的手指头，探长说："他们没有爱情咒语。"

所以我是真的爱着海伦。一个在男人身体里的女人。我们再也没有火辣辣的性爱，但就像纳什会说的，时间够久以后，那和大多数的恋爱有什么不一样?

梦娜与蚵仔握有魔法书，但是他们没有勾魂歌。梦娜给我的魔法书纸页，空白处写着我的姓名的那一页，就是勾魂歌。纸页的底部写着："我也想拯救这个世界——但不是用蚵仔的方法。"上面签着："梦娜。"

"他们没有勾魂歌。"探长说，海伦说，"但是他们有防护咒语。"

防护咒语?

保护他们免于勾魂歌的威胁,探长说道。

“但是别担心。”他说,“我有警徽还有一把枪还有一根阴茎。”

要找到梦娜与蚵仔,你只消寻找灵异事件、奇迹。惊人的小报标题。一对年轻男女七月时被人目睹徒步跨越密歇根湖。为了加拿大挨饿的水牛,那个女孩使青草穿透雪地长出、变绿并长高。那个男孩跟流浪动物之家里走失的狗交谈,帮助它们回家。

寻找魔法。寻找圣人。

飞行圣女。路杀耶稣。常春藤炼狱。会说话的犹大牛。

继续追着事证。猎巫。这不会是精神治疗师要你去做的事,但它确实有效。

梦娜与蚵仔,很快这就会变成他们的世界。权力已经转移。海伦与我将永远扮演追逐者。想象耶稣四下追着你,试图逮住你好拯救你的灵魂。不只是一个耐心消极的上帝,而是一只勤劳、积极的猎犬。

探长啪一声打开他的枪套,如同海伦从前打开她的小皮包一样,然后他拿出手枪。

他说,海伦说,不管是谁说:“我们就用老掉牙的方法杀了他们怎么样?”

现在这就是我的人生。

《摇篮曲》背后的故事

法医用一张纸遮住照片，然后说："我会把纸慢慢移开。"

他说："如果你觉得看够了，就让我喊停。"

1999年，法医说，我的父亲被人枪杀的时候，正在一个室外楼梯的顶端。子弹射穿他的腹部，在横隔膜处爆裂，然后到达胸腔，损伤了他的双肺。这就是法庭上陈述的证据，由警官们在犯罪发生之后拼贴出的法医检查细节。枪击后，他拖着身子——或者有人拖着他——进了楼梯顶部的公寓。他躺在地板上，紧挨着他刚开始交往的女人。警察说，他一定是过了几分钟才死的，因为他并非死于颈后枪击——警察称之为"处决仪式"，那个女人就是那样死的。

2000年12月，爱达荷州莫斯科的一个陪审团判定戴尔·沙克福德因这两桩谋杀而有罪。基于被害人的权利法，法庭请我写一份声明，阐述我因为这宗罪案所受折磨的程度。

在声明里，我不得不做个决定，支持或者反对死刑。

这就是《摇篮曲》中的故事背后的故事。我花了几个月的时间，与人交谈，阅读，写作，试图做出决定，我对死刑到底该持何种立场。

根据起诉书所述，沙克福德曾几次回到犯罪现场，企图放一把大火毁灭所有罪证。只有到他打碎窗户的时候，火接触到外部空气，整桩建筑才烧起来。公寓二楼塌陷到了一楼，床垫落到了我父亲的尸体上，它的遮挡使得父亲只有双腿被烧了。

那张白纸下面的照片，就是床垫下尸体残存的部分。

两位被害人的喉咙里没有烟灰，证明他们并非被烧死。另外一项测试，关于他们血液里一氧化碳的浓度，会更有说服力，但是我没问。一切虽然在前行但是你想离开了。

法医是在审判结束后给我看这些证据的，我已经把我的声明交给了法庭并被盘问过。我们两个人看着这张白纸，我们坐在一间没有窗的办公室。房间里堆满了整架的书和单个都很厚的文件夹。法医说，纵火被害人的照片，很少有家人能看了纸片移开半英寸后还想看下去。他滑动纸片，直到看到照片的银色光亮，非常缓慢，是你看日升日落时太阳移动那般的缓慢，他说："告诉我何时停，我就停。"

我看着那张纸，我说："给我看吧。"我说："我以前肯定看过更可怕的。"

他掀起那张纸，我的第一反应居然是，我父亲会多恨他们浪费这么好的一张三合板，裁切得有棱有角，不规则的形状，以便承载他烧毁的尸体。他面部朝下，双腿已经被烧到根部，皮肤不见了，肌肉被烧黑，肌鞘裂开露出底下的红色。我的第二反应是，尸体看起来多像烤鸡啊，硬皮之上涂了调味料而被烤得焦黑。

这事发生的前一年，我的妹夫在花园里干活时，因为中风而英年早逝。在停尸间，我妹妹走进瞻仰遗容的房间，独自一人。过了一会儿，她僵僵地把头探出门口，小声说："那不是他。他们搞错了。"我的母亲走了进去，她们绕了打开的棺材一圈，眯着眼看，难以决断。活着的时候，杰拉德如此搞笑、霸气、活跃，而为眼前的这个他哭泣貌似很愚蠢。

长话短说，我在医院干过。我也干过犯罪调查记者。我知道一具尸体无法代表一个人。看着我父亲那烧焦的一团，所有的人生戏剧都已消失不见。

问题依旧是，我想要那个做了这一切的男人去死吗？

在法庭上，沙克福德被证实有长期在肉体上虐待妇女和儿童的历史，他的一生几乎都是在精神病院和监狱度过的。他瞄准脖子射击的那个女人是他的前妻。她曾进入监狱系统教授一些法律技巧，把他教成了懂法的人。利用这些从他的受害者那里学来的技巧，他已经准备好了对他的谋杀定罪提起上诉。

他告诉法庭，他和一个白人至上主义团体制造了很多炭疽炸弹并埋在斯波坎地区，如果政府杀了他，那些炸弹将爆炸，杀死成千上万的人。

他告诉警察我骚扰他，寄给他的信件里夹带着怪东西，但那时我甚至不知道他的名字。

起诉团队将他这种洋洋洒洒的鬼话称为"沙克-弗洛伊德"式

的谎言。

但是,问题依旧是,我要这个人去死吗?

一位朋友告诉我某位先哲说过,为了犯罪,你必须把你的受害者当作你的敌人。让越来越多的人成为你的敌人,你就可以让一宗又一宗的罪行合法化,直到剩下你自己。你与世隔绝,因为你已经判定整个世界都反对你。就这点而言,先哲说,唯一能让罪犯恢复人性的办法就是逮捕他,惩罚他。他的惩罚会变成他的救赎。这是一种善行。

另一位朋友,佛教徒,说,众生都希望很多其他东西去死,植物、动物、其他人。这就是命。命就是死。我们唯一希望的是,花费了那么多其他人与物代价的我们的性命,能够得到善用。他说,一个恐怖之人不该被允许继续夺取其他生灵的命。

所有这些都在我脑海里,我完成了重写《摇篮曲》的最终稿,并用翌日到达的快递把它发到了纽约,那天是 2001 年 9 月 10 日。

让一本起初是关于巫术的黑暗、有趣的书变成了无休止的权力斗争的故事,这就是命。代际之间的斗争、人与动物之间的斗争、男人与女人之间的斗争、穷人与富人之间的斗争、个人与团体之间的斗争、文化之间的斗争。

在一个微不足道的层面上,这本书是关于我的社区如何对付一个本地女人的斗争,每个明媚的日子,她会打开每扇窗,用她的唱片收藏轰炸大家。苏格兰风笛,中国京剧,你怎么称呼都行。噪音污染。夜以继日的噪音咆哮之后,我可能已经杀了她。根本没有可能在家工作。所以我出门旅行,在路上写作。

一个月后,爱达荷州判处戴尔·沙克福德死刑。

当我作图书推广之旅的时候，我的邻居打包了她巨大的立体音响和浩瀚的唱片，不见了。

我写信给法院，询问是否可以旁观死刑执行。

好了，但愿蒙神恩典，就这样。

（J. W. 译）

图书在版编目(CIP)数据

摇篮曲/(美)帕拉尼克(Palahniuk, C.)著;卢慈颖译. —上海:上海人民出版社,2014
书名原文:Lullaby
ISBN 978-7-208-12089-1

Ⅰ. ①摇… Ⅱ. ①帕… ②卢… Ⅲ. ①长篇小说-美国-现代 Ⅳ. ①I712.45

中国版本图书馆 CIP 数据核字(2014)第 031634 号

责任编辑 吴书勇
封面装帧 纸皮儿设计工作室·金 泉
版式设计 陈 楠

摇 篮 曲
[美]恰克·帕拉尼克 著
卢慈颖 译
世 纪 出 版 集 团
上海人民出版社出版
(200001 上海福建中路 193 号 www.ewen.cc)
世纪出版集团发行中心发行
上海崇明裕安印刷厂印刷
开本 890×1240 1/32 印张 8.75 插页 4 字数 183,000
2014 年 5 月第 1 版 2014 年 5 月第 1 次印刷
ISBN 978-7-208-12089-1/I·1228
定价 36.00 元